目次

※この作品は竹書房文庫のために
書き下ろされたものです。

プロローグ

「あ、ああっ、いやぁ」

ホテルの一室、男に組み伏せられた女がよがる。けれど、表情に浮かぶのは歓喜ではなく、苦悶であった。

それでいて、肉体は歓《よろこ》びの反応を示し、あられもなく波打つのである。

「ほら、これがいいんだろう？」

下卑《げび》た笑みを浮かべた男は五十がらみで、目元がたるんでシワも目立つ。一方、女のほうはまだ若く、男の娘でもおかしくない年頃だ。

もちろん、二人は親子ではない。そして、女が男に服従を強《し》いられているのは、端《はた》から見ても明らかだ。

ぬっ……ずちゃッ――。

淫水焼けした色濃いペニスが、清楚な佇《たたず》まいの女芯を穿《うが》つ。そこから白っぽい蜜汁が垂れるのを、女は自覚していた。いやらしい粘つきが間断なく聞こえるし、おしりの下もぐっしょりと湿っていたからだ。

——ああ、どうして。

いくら嘆いても、身体の疼《うず》きがやむことはない。ここまで堕《お》ちた自身に、情けなさが募った。

まだ二十五歳。同い年の女の子たちは素敵な男性と恋愛をして、将来の夢を育《はぐく》んでいることであろう。なのに、自分は脂《あぶら》ぎった中年男と、したくもない交歓をさせられている。

自らの置かれた状況が、ますます彼女を落ち込ませる。いっそ死んだほうがマシかもしれない。

そのくせ、募る愉悦《ゆえつ》にはしたない声をあげてしまうのだ。

「あ、あ、あ、ああっ、そこぉ」

深く侵入した硬肉が、奥のポイントを突く。そうすると、体幹を電流みたいな快感が貫くのだ。

「いやらしい子だ」

目を細めて蔑《さげす》み、腰づかいをキープする中年男。リズミカルに責められて、女は否応なく昇りつめた。

「イクッ、イクッ、くぅうううっ」

裸身がガクンガクンと跳ね躍る。頭の中が真っ白になり、何も考えられなくなった。

しかし、それで終わりではない。

「自分だけイッて満足するんじゃない。ほら、もっとマンコを締めろ」

オルガスムスにひたる肉体を休みなく蹂躙され、女は「イヤイヤぁ」と髪を振り乱した。

「そ、そんなにしないで……死んじゃう」

「だったら死ぬ前に、俺をイカせろ」

無茶なことを口にして、ベッドを軋ませ続ける男。尻の筋肉が強ばり、いよいよ快楽の極みを捉えたようだ。

「よし、イクぞ。中にたっぷり出してやる」

その言葉に、女が顔色を変える。

「ダメっ、中に出さないで」

「もう遅い」

「お願い、やめて。今日は危ない日なんです」

「俺には関係ない」

力強い腰づかいで若い肢体を責め、男は頂上に駆けあがった。

「おおお、出る」

「いやぁ、あ、赤ちゃんできちゃうぅううっ！」

悲愴な叫びも、男の心を動かさない。熱いしぶきを身体の奥に感じて、女は絶望に苛《さいな》まれた。

「ああ……」

悲嘆に暮れる彼女の目尻から、涙がこぼれた。


ベッドの上にぺたりと坐り、女は虚《うつ》ろな目でシワくちゃのシーツを眺めた。そこには荒淫の証《あかし》である濡れジミがいくつもある。

彼女の手には錠剤のシートがあった。たった今飲んだばかりのそれは、男に渡されたアフターピルだ。妊娠が回避できるよう準備しておいて、彼は素知らぬふりで膣《ちつ》奥に精を注いだのである。実に悪趣味だ。

女は自暴自棄の体で、逆流して秘部を濡らすザーメンを拭《ぬぐ》おうともしなかった。

先にシャワーを浴びた男が、部屋に戻ってくる。素っ裸のまま、女の前にどかっとあぐらをかいた。

平常状態の陰部が目に入り、女は顔を背けた。

「……もう、こんなことは終わりにしてください」

絞り出すように訴えると、男はふんと鼻で笑った。

「そんなことが言える立場じゃないだろう」

ベッドのヘッドボードにあったスマホを手に取り、男は慣れないふうな手つきで操作した。

『イヤイヤ、ああああっ』

スマホから嬌声《きょうせい》が流れる。

「この動画がバラまかれてもいいのなら、好きにすればいいさ」

突き放す口調で告げ、男がスマホの画面を見せる。煽情《せんじょう》的な場面が映し出されているのは、観なくてもわかった。

なぜならそれは、自身の痴態なのだから。

スマホを奪い取り、破壊したい衝動に駆られる。けれど、そんなことをしても無駄だ。最初に見せられたとき、動画はクラウドにも保存されていると、男が得意げに言ったのである。

「お前はもう、俺から逃げられないんだ。黙って従えばいいんだよ」

身体を弄《もてあそ》ばれるだけではない。女は男に命じられ、違法な行為もさせられていた。もはや一蓮托生なのだ。

悲しみに暮れ、肩が震える。こぼれた涙が、男の嗜虐心を煽《あお》ったらしい。

「おい、しゃぶれ」

シャワーを浴びたのに、またやる気になったのか。ふくらみつつある肉器官に、女は打ちのめされた気分で唇を寄せた。

「うう、いいぞ。だいぶ上手くなったな」

褒められても、嬉しいはずがない。それでも、口の中で容積を増す肉棒に、女は懸命に舌を絡めた。

第一章　美麗秘書の淫ら調査

1

如月巧磨《きさらぎたくま》は緊張していた。

「お呼び立てして申し訳ありません」

頭を下げた相手は女性である。名前は江藤夏帆《えとうなつほ》。

彼女はボディラインもあからさまな、タイトな黒スーツに身を包み、腰を両手に当ててこちらを見つめている。ミニ丈のスカートからのびた美脚は、そちらも黒いパンティストッキングに包まれていた。

連続ドラマの主演女優を張れそうな美貌は、鼻筋がすらりとして頰が薄い。出演するのならミステリードラマで、クールな女刑事が似合いそうだ。栗色のストレートへアも、いかにも活動的である。

夏帆は社長秘書だ。入社二年目の巧磨より四つ上の二十八歳。経理部のぺーぺー社員の身では、畏《おそ》れ多いと腰が引けるのも当然だろう。

たとえ、何度もこんなふうに、秘密の会合を持っていても。

ここは五嶋《いつしま》総合食品株式会社、本社ビルの片隅にある小会議室だ。資料室が並んだ階にある小部屋を、他に使いようもなく小会議室と称しているだけであり、滅多に使われることはない。社員もこの階にはあまり来ないから、密談にはもってこいの場所と言えた。

中にあるのは、頑丈そうな丸テーブルがひとつだけ。窓のない、白壁の殺風景な空間は、いっそ取り調べか監禁に相応《ふさわ》しいだろう。椅子もないから、二人は立って話すしかなかった。

「それで、何か摑《つか》んだの？」

夏帆の問いかけに、巧磨は持参したノートパソコンをテーブルに置いた。

「これなんですけど」

上蓋を開くと、ディスプレイに表計算ソフトで作成した帳簿の一部が映し出された。

「ここの出金なんですけど、振込先の口座が実体のない会社のものなんです」

「え、実体がないって？」

「いちおう登記上は存在していますけど、住所のオフィスはレンタルスペースです。しかも、とっくに解約されています」

「そんなところに、我が社からお金が支払われているの？」

夏帆の眉間に浅いシワが刻まれる。険しい表情もチャーミングだなと、巧磨は思った。

もちろん、本人には言えない。何を考えているのと、叱られるのは確実だからだ。

「名目上は工場の備品代金で、請求書に納品書、領収書も添付した決裁書類が揃っています。だから監査でも見逃されたんでしょう」

「この出金の担当者は？」

「経理部の浜浦志桜里《はまうらしおり》さんです」

「浜浦……」

夏帆が首をかしげる。いくら社長秘書でも、全社員の氏名までは把握していないのであろう。

五嶋総合食品は、加工食品の製造販売の他、食品食材の輸入も手がけている。国内に支社が三つと、工場も本社に隣接しているメインファクトリーの他、海外も含めて五カ所にあった。本社支社を合わせて社員は千人を超え、工場や流通も含めれば、その三倍もの人間が社の事業に関わっている。

よって、夏帆が経理部の一社員を知らなくても当然と言えた。

「その浜浦さんって、何歳なの？」

「ええと、僕より一年先輩ですから、たぶん二十五歳ぐらいじゃないですか」

「そっか……その年で、そこまでの工作をするのは難しいわね」

夏帆の目がキラリと光る。何か裏がありそうだと見抜いたに違いない。

クールで頭の切れる年上の美女を、巧磨はうっとりと見つめた。その脳裏に、彼女と初めて対面したときのことが蘇《よみがえ》る。

あのときから彼は、夏帆のしもべとなったのだ――。

巧磨が内線電話で呼び出しを受けたのは、半年前のことだ。

『わたし、秘書課の江藤ですが、如月巧磨さんにお願いしたいことがあるんです。三階の小会議室へ来ていただけませんか？』

やけに生真面目な女性の声での、丁寧な依頼。そのときは特に急ぎの仕事を抱えていなかったので、彼は「わかりました」と安請け合いをした。

課長の許可をもらい、指定された場所に赴く。秘書課の人間が、経理部の人間に何の用事があるのかと、首をかしげなかったわけではない。しかも、新人の巧磨が名指しされたのだから。

もっとも、思い当たることはいちおうあった。

創設者である先代社長が退いて会長職に就き、娘の五嶋成美《なるみ》が二代目の社長になったのは、巧磨が入社する一年前である。間もなく四十路《よそじ》の若い女社長が、働き方や職場環境の改革を進めるため、社員たちに広く現状調査をしていると聞いていた。

おそらく、秘書課がその調査を担当していて、ピックアップした社員に対面でアンケート調査をしているのではないか。そうに違いないと思ったから、三階が資料室の並んだひと気のないところであっても、巧磨はさほど気にしなかった。むしろ、ここなら邪魔が入らないから、やっぱり調査なんだなと納得したぐらいである。

小会議室と表示されてドアをノックし、返事を待って「失礼します」と入室する。

途端に、巧磨は驚愕で立ち尽くした。

（江藤さんって、社長秘書のあの人だったのか！）

新人の巧磨が、社長と対面する機会などまずない。小さな会社ならいざ知らず、大企業のトップなのである。入社式で訓辞をいただいたときと、あとは全社的な催《もよお》しの場で、遠くから眺めたぐらいだ。

年齢よりも若々しい女社長には、秘書が二、三名いるようだった。そのうちの一人、類《たぐ》い稀《まれ》な美貌と、抜群のスタイルを誇る夏帆のことは、巧磨も知っていた。

と言うより、ひと目惚《ぼ》れしたと言っても過言ではなかった。なんて綺麗な人なのかと、暫《しば》し茫然と見とれたほどである。

しかしながら、相手は社長に傅《かしず》く美しい秘書だ。文字通りに高嶺《たかね》の花で、いっそエベレスト山頂に咲き誇る薔薇《ばら》のごとく、絶対に手の届かない存在である。惚れても無駄なことぐらい、重々承知していた。

せめて名前を知りたかったものの、同僚に訊ねるのもためらわれた。お前みたいな新人が興味を持ったのかと、蔑まれる気がしたのだ。それに、気安く話のできる友人も、社内にいなかったのである。

その美女が小会議室にいたことに、巧磨は心から驚いた。

「わたしは、社長秘書の江藤夏帆です」

初めてフルネームを知って感激したのも束の間、つかつかと歩み寄ってきた彼女に、巧磨はいきなり足払いをかけられた。

「わっ」

声をあげ、無様にひっくり返った巧磨の腹に、夏帆が横向きで坐る。黒いストッキングに包まれた美脚を、格好良く組んで。

タイトミニに包まれたヒップが、腹部に重みをかけてくる。巧磨は苦しくてもがいたものの、一方でたわわな丸みの弾力に、ときめいたのも事実である。

「経理部経理課の如月巧磨クン、君に訊《き》きたいことがあるの」

これが単なるアンケート調査でないのは明白だ。電話とは異なり、言葉遣《づか》いも上に立つ者のそれになっていた。

「ううう、な、何でしょうか？」

「君はこのあいだ、社内サーバーの非公開フォルダにアクセスしたわね」

質問ではなく断定の口調で指摘され、巧磨はドキッとした。それでも動揺を悟られぬよう、「何のことでしょう？」と訊き返す。

「とぼけても無駄よ。あれにアクセスしたらウイルスに感染するようになっているのに、君も気づいたんでしょ？　すぐに駆除したみたいだけど、実はあのウイルスはダミーで、駆除することで新たなプログラムが組み込まれて、アクセスした人間を監視するようになっているの」

「え、そんな――」

つい反応してしまい、巧磨は慌てて口をつぐんだ。しかし、すでに遅い。

夏帆はにんまりと笑みを浮かべた。年下の男を掌中に収めたと確信したようだ。

「それで、君がアクセスしたのは我が社の人事資料だったんだけど、あれ、パスワードがかかってて開けなかったでしょ？」

ここまできたら、しらばくれても無駄である。巧磨は観念して「はい」と認めた。

「名の知れたハッカーも、あれは破れなかったわけね。君のハンドルネームは、確かミスター・プレイヤー」

「え、ど、どうしてそれを？」

今度は平静を装えず、狼狽《ろうばい》をあらわにする。

「甘く見ないでね。そもそも君のITに関する知識と才能を見込んで、我が社は採用したんだから。わたしが進言してね」

まさか夏帆が自分の採用に関わっていたとは知らなかった。

大学時代、巧磨がハッカーとして、その筋では有名だったのは事実である。けれど、彼にとってハッキングは趣味というか、単なるお遊びであった。個人や企業に被害を与えたことも、自身が利益を得たことすらない。

だからこそ、まったくコンピュータと関係のない、五嶋総合食品に就職したのだ。

真っ当な社会人になるために。

「君がミスター・プレイヤーって名前のとおり、ネットワーク上で楽しく遊んでいたのも知っているわ。むしろ、君の侵入でセキュリティーを見直すことになって、結果的に利を得た企業や公的機関もあったわけだし」

それも事実だったから、巧磨は無言でうなずいた。

「そういうわけだから、君をわたしたちの仲間にスカウトするのは最初から決まってたんだけど、それには口実っていうか、理由が必要だったのよ」

「え、仲間って？」

巧磨が口にした疑問には答えず、夏帆は話を続けた。

「君は経理部の、あくまでも一社員でしかないわけ。なのに、おいそれと秘密の任務につかせるわけにはいかないわ。そもそも、君がミスター・プレイヤーなんかじゃないって言い張ったら、無理強いはできないもの」

「…………」

「だから、君が暇つぶしでもいいから、我が社の深部にアクセスするのを待っていたの。暴かれた君はミスター・プレイヤーであることを認めざるを得ないし、明らかに社内規約に反する行為だから、わたしたちに従うしかなくなるってわけ」

つまり、まんまと罠にかかったということか。それにしても、秘密の任務とは穏やかではない。

「ぼ、僕に何をさせようっていうんですか？」

この質問にも、夏帆は答えなかった。代わりに、彼女のほうから訊ねる。

「でも、どうして人事資料なんかに手を出したの？　もっと面白そうな内部資料は、他にもあったと思うんだけど。全社員の給与明細とか、取引先との収支決済とか」

巧磨が返答に詰まったのは、理由を知られたくなかったからである。誰よりも夏帆には。

ところが、口を閉ざしていたせいで、そこが付け入る隙であることを、彼女は察したようである。

「あら、答えたくないみたいね」

美人秘書が身体をこちらに向ける。組んでいた脚をほどき、年下の男の腹に跨《また》がる体勢になった。

(え？)

巧磨は思わず頭をもたげた。彼女が膝を離したものだから、タイトミニの奥まで覗けたのである。

もっとも、そこはパンストがしっかりガードしていた。黒いだけで何も見えない。

(てことは、パンティも黒なのか？)

白やピンクなど明るい色なら、薄いナイロン地に透けるはずである。そうなっていないのだから、色の濃い下着に違いない。

「どこを見ているの？」

厳しい声の問いかけにハッとする。視線を上に向けると、夏帆が眉間に深いシワを刻んでいた。

「あ、いえ、その」

うろたえまくる巧磨であったが、不意に彼女がニッコリと笑いかけてくれたものだから戸惑う。

「正直に教えてくれたら、もっといいところを見せてあげてもいいんだけどな」

見せると確約したわけではない。それが色仕掛けの罠であると、たやすく想像できたのである。

しかし、魅惑のデルタゾーンを前にして、巧磨は誘惑に負けてしまった。今後絶対に逆らえなくなるとわかりつつも。

「あの……江藤さんのことを知りたかったんです」

「はい。社長秘書にとっても綺麗な方がいたから、その、名前だとか、できればもっといろいろなことがわからないかと思って」

告白に、夏帆があきれた眼差《まなざ》しを浮かべる。

「いろいろなことって、彼氏がいるかとか、スリーサイズとか？」

「え、そんなことまで人事資料に載ってるんですか？」

「バカね。わけないでしょ」

なじられて、巧磨は首を縮めた。ただ、彼女が不快感や嫌悪の情を見せなかったのに安堵する。おそらく、男から興味を持たれることに慣れているのだろう。

「ま、いいわ。とにかく、わたしたちの仲間になれば、わたしのことなんていくらでもわかるはずよ」

「ええと、仲間っていうのは？」

「実はわたし、SSのメンバーなの」

「SS……え、シークレット・サービスですか？」

「ううん。シークレット・セクレタリーよ」

直訳すれば秘密の秘書だ。いかにも謀《はかりごと》めいた匂いがぷんぷんする。

「え、わたし？」

「べつに怪しい組織じゃないわ」

夏帆の説明では、秘書課の一部が社内の問題を解決するために、社長の特命を受けているのだという。

「まあ、今のところメンバーは、わたしともう一人だけなんだけど」

「どなたですか？」

「それはおいおい紹介してあげる。但《ただ》し、わたしたちに協力してくれるのならね」

夏帆が身を屈める。美しい顔が間近まで接近し、巧磨は心臓が喉から飛び出すかと思った。

「どうする？　もしも断ったら、社内規定違反で辞めてもらうことになるけど」

脅しの言葉を口にされたのに、巧磨はうっとりしていた。アップになった美貌に感動したのに加え、彼女の清涼な吐息を嗅いだからだ。

（なんていい匂いなんだ……）

美女はお口のニオイもかぐわしい。そればかりでなく、魅惑的なボディの、どこもかしこも。巧磨は濃厚なフレグランスの虜《とりこ》となっていた。

「や、やります」

気がつけば、要請を受け容《い》れていたのである。

2

「それにしても、よく見つけたわね」

夏帆の言葉で、巧磨は回想から引き戻された。

「あ――ええ。最近、浜浦さんの様子がおかしかったものですから、様子を窺《うかが》っていたんです」

「おかしいって、どんなふうに？」

「明るいひとだったのに、やけに暗くなったっていうか、塞ぎ込んでいるみたいに見えて。それに、仕事で外出するときも、妙に周囲を気にしていたんです」

「だから使い込みを疑ったってわけね」

「経理関係でこそこそすると言えば、まず考えられるのはそれですから」

「うん、いい判断よ。このあいだの事件でも活躍してくれたし、巧磨クンもSSのメンバーらしくなったわね」

憧れのひとに褒められて、巧磨は照れくさくも嬉しかった。だが、あることに気がついて動揺する。

テーブルに置いたノートパソコンを、夏帆は身を屈めて覗き込んでいる。黒いジャケットの下は白のブラウスで、ボタンがふたつも外れていた。そのため、鎖骨《さこつ》の窪みばかりか、白い肌が深いところまで覗けたのである。

それこそ、くっきり刻まれた乳房の谷間と、豊満なふくらみを覆いきれないブラジャーの一部まで。

(江藤さんのおっぱい……)

最初にこの部屋で彼女と対面したとき、スカートの奥を見ることができた。というより、あれは見せつけられたに等しかった。

そのとき、もっといいところも見せてあげると言われたが、残念ながら未だに叶《かな》っていない。まあ、別のサービスはあったけれど。

「ほら、また」

咎《とが》める声にハッとする。夏帆がこちらを振り仰《あお》ぎ、眉根を寄せていた。

「あ、すみません。つい」

咄嗟《とっさ》に謝ったことで、エロチックなパーツに見とれていたとバレてしまう。

「まったく……いつもそうだけど、溜まってるの?」

彼女が「いつもそう」なんて言ったのは、最初のことだけを指しているのではない。

このあいだもタイトミニから伸びた綺麗な脚に目を奪われ、注意されたのだ。

そして、ただ叱られただけで終わらなかったものだから、もしかしたら今回もと期待がふくれあがる。

「ちょっと、なに考えてるの？」

こちらの心中を見透かしたみたいに、夏帆の表情が険しくなる。そのくせ、どこか決まり悪そうに視線をさまよわせたから、これはいけるに違いないと確信した。

(もしかしたら、江藤さんもそういう気分になっているのかも)

ボタンを外して胸元を見せたのだって、わざとかもしれない。

「あの……またご褒美がもらえるのかと思って」

思い切って伝えると、彼女はやれやれという顔を見せた。

「図々しいわね。前回で味を占めちゃったのかしら」

不機嫌そうに眉をひそめながらも、目は笑っているように感じられる。

前回というのは、先週解決した事件である。女子社員から匿名《とくめい》のクレームが寄せられていた、総務部長のセクハラを暴いたのだ。

巧磨はハッカーとしての手腕を発揮し、総務部長の社内メールばかりでなく、プライベートのSNSや通信記録も調査した。さらには、女子社員にボディタッチをする決定的瞬間を動画撮影することにも成功し、彼を降格処分にするための証拠を揃えたのである。

夏帆は『よくやったわね』と、手放しで褒めてくれた。そして、頑張ったご褒美にと、この部屋で気持ちのいいサービスをしてもらったのだ。

もっとも、彼女からそうしてあげると提案したのではない。何かして欲しいことはあるかと問われ、巧磨はついいやらしいことを考えてしまい、股間をふくらませた。それを見つかって叱られたものの、災い転じて恩情をかけられたのである。

「しょうがないわね」

そのときと同じ言葉を口にして、夏帆がテーブルのほうに顎をしゃくる。

「ほら、そこに寝なさい」

これも前回と同じだった。

(それじゃあ、また――)

巧磨はノートパソコンを閉じると、ジャケットを脱いで丸テーブルにあがった。すると、彼女が間を置かずにベルトへ手をのばす。弛《ゆる》めてズボンの前を開き、

「おしりを上げなさい」

淡々と命令し、ズボンとブリーフをまとめて引き下ろした。

機械的に進めるのは、感情が入っていない施しだと示すためか。あるいは照れ隠しなのか。

(なんだか、本心を隠してるみたいな気もするんだけど)

そんな疑問を抱いたこともあって、下半身をすべて脱がされても、巧磨は恥ずかしいとは感じなかった。まあ、快感への期待が高まっていたせいもあるのだが。

「え、もう勃《た》ってたの?」

夏帆が驚きをあらわにする。股間のイチモツが、すでに血管を浮かせて反り返っていたからだ。

「だって、江藤さんが魅力的で、すごくセクシーだから、一緒にいるだけでたまらなくなるんです」

決しておだてたわけではない。巧磨の本心だった。

けれど、彼女は端っから信じていないふうにかぶりを振った。

「人のせいにするんじゃないの。若いから、すぐ元気になっちゃうだけでしょ。わたしのおっぱいがちょっと見えただけで」

性欲本位みたいに言われて、不満を覚える。だが、しなやかな指が筋張った筒茎に巻きついて、そんなことはどうでもよくなった。

「ああぁっ」

堪えようもなく声をあげ、腰をはずませる。頑丈なはずの丸テーブルが、咎めるみたいにギイと軋んだ。

（気持ちよすぎる）

ただ握られただけでも、ペニスが溶けてしまいそうに快《こころよ》い。指がうっとりするほど柔らかなのは確かながら、やはり憧れのお姉様の手だからこそ、ここまで感じてしまうのだ。

「もう……硬すぎるわ、これ」

握ったものを持て余すようにこすり、美人秘書がほうとため息をつく。牡《おす》の強ばりがいっそう怒張して脈打ち、赤く発色した亀頭を見つめる目が、心なしか濡れてきたようだ。

（江藤さん、僕のチンポをさわって昂奮《こうふん》してるのかな？）

案外あっさりと願いを受け容れてくれたのは、彼女にもそうしたい気持ちがあったからではないのか。年下の男を慰労してあげたいというばかりでなく、女としての欲望が高まって。

いや、さすがにそれは考えすぎかと、巧磨は失礼な想像を打ち消した。ただ、少なくとも嫌々しているふうではない。

「さっさと出しちゃってよ」

などと面倒くさそうに言いながらも、握り方や手の動きに慈《いつく》しみが感じられるのだ。

おかげで、巧磨は順調に高まった。普段のオナニーよりも急角度で上昇し、たちまち爆発しそうになる。

（いや、我慢しろよ）

せっかくのチャンスなのに、早々に達したら勿体《もったい》ない。少しでも長く、極上の悦《よろこ》びにひたっていたい。

巧磨は忍耐を振り絞った。ところが、夏帆にはお見通しだったらしい。

「ちょっと、どういうつもり⁉」

咎める声にハッとする。見あげると、彼女が鋭い眼差しでこちらを睨んでいた。

「え、どうしたんですか？」

「とぼけるんじゃないの。イキたくなくて、我慢してるでしょ」

事実を指摘され、言葉に詰まる。否定できず、「あ、えと——」とうろたえたものだから、夏帆がやれやれというふうにため息をついた。

「脚を開きなさい」

「え？」

「もっと股を開くのよ」

意図が摑めぬまま、巧磨は怖《お》ず怖《お》ずと膝を離した。すると、年上美女のもう一方の手が、縮れ毛にまみれたシワ袋に触れる。

「くううっ」

くすぐったさに身をよじった次の瞬間、腰の裏が意志とは関係なくわなないた。

（ああ、なんだこれ……）

握られたペニスが雄々しくしゃくり上げる。急所への刺激が、快感を押しあげたようであった。

巧磨は大学時代に、オンラインゲーム仲間の女の子と仲良くなり、初体験をした。彼女は別の大学で、ふたつ下でも経験があり、まごつく巧磨をリードしてくれた。

その後、二回ほど関係を持ったが、恋人として付き合うには至らなかった。彼女にとってはセックスもゲームだったようで、他にも肉体関係を持った仲間がいたとあとで知った。

よって、童貞でこそないものの、彼女いない歴イコール年齢である。普段の欲望処理は、己《おのれ》の右手を頼みの綱としていた。

しかし、マスターベーションのときに、陰嚢《いんのう》を刺激したことはない。そこも触れると快いことを、巧磨は今回初めて知った。

(キンタマがこんなに気持ちいいなんて!)

もちろん、憧れの女性にさわられたから感じるのだ。見た目も滑稽な、少しも清潔そうでないところに触れられる背徳感も、快さを助長してくれるようだ。

「ほら、やっぱり溜まってるじゃない。タマタマがこんなに大きいわ」

あられもない言葉遣いで責められるのにもゾクゾクする。おかげで、せっかく昇りつめまいと我慢していたのに、努力を無にされた。

「ああ、ああ、もう」

たちまち終末が迫り、下半身がガクガクと跳ね躍る。快美の波が手足の先まで行き渡り、射精へのカウントダウンが始まった。

「いいわよ。いっぱい出しなさい」

夏帆が硬肉をリズミカルにしごき、玉袋もモミモミする。快楽の二箇所責めは、年下の男を喜悦の頂上へと舞い上げた。

「ううう、で、出る」

呻《うめ》き交じりの声で告げるなり、目の奥に火花が散る。強ばりの中心を熱いものが貫き、巧磨は「くはっ」と喘ぎを吐き出した。

ドクンっ！

白濁の飛沫《しぶき》が宙に舞う。屹立《きつりつ》は真っ直ぐ天井を向いており、それは陰部に再び舞い戻った。

「ほらほら、もっと出して」

年上の美女は、男がどうすれば喜ぶのか、ちゃんとわかっていたようだ。休むことなく摩擦してくれたおかげで、蕩《とろ》けるような快感が長く続いた。

（ああ、こんなのって）

ドクッ、ドクッと精液をほとばしらせ、巧磨はめくるめく悦びに翻弄《ほんろう》された。熱い体液が尿道を通過するたびに強烈な美感が生じて、馬鹿みたいに「うう、うう」と呻きながら。

ようやくオルガスムスの波が引いて、丸テーブルの上で手足をのばす。なおもペニスをゆるゆるとしごかれ、陰嚢も揉まれていたから、気怠《けだる》い余韻が心地よかった。

（……このあいだよりもたくさん出たかも）

前回、夏帆に手コキをされたときも気持ちよかったが、今日はそれ以上だ。急所を愛撫されたせいだけでなく、感じさせてあげたいという気持ちが、より勝っていたように思える。

もしかしたら、彼女は自分を好きになってくれたのだろうか。さすがにそれは都合が良すぎるとしても、親密度が増したのは間違いない。

憧れの女性といっそう近づけた気がして、巧磨は深い満足感にひたった。

3

(すごく出たわ……)

白濁汁が滴《したた》る自身の手指を見つめ、夏帆はふうと息をついた。

夏草を思わせる青くさい匂いが漂い、物憂さを募らせる。最初は温かかった牡の体液もすぐに冷えて、綺麗な手を穢《けが》された気がした。こんな目に遭《あ》うのは、初めてではないのに。

とは言え、嫌悪を覚えていたわけではない。むしろ、彼が身も世もなく悶え、快感の極みで勢いよく射精した場面に、胸を切なく焦《こ》がされたのだ。

(可愛かったわ、巧磨クン)

気持ちよさそうな声をあげ、カチカチのペニスから幾度もザーメンを噴きあげたとき、ときめきすぎて軽い目眩《めまい》を覚えた。だからこそ、もっと出してほしいと願い、手を動かし続けたのだ。

巧磨は全身をピクピクさせ、オルガスムスの余韻にひたっている。瞼《まぶた》を閉じてうっとりした面差しにも、母性本能をくすぐられる心地がした。

前回、彼に同じ施しを与えたときも、快感に身をよじる姿に胸をはずませたのである。そのため、今日も彼におねだりをされて、すぐ応じる気になったのだ。年下の男の、エッチな悶えっぷりを目にしたくて。

じゅわ……。

膣を熱いものが伝う感覚がある。パンティの裏地が愛液をたっぷりと吸い、秘部に張りついていた。

居心地の悪さに、夏帆は無意識にヒップをくねらせた。そうすると、クロッチがますます恥割れに喰い込む。ムズムズする快さも生じて、息が自然とはずんだ。

（まったく、欲求不満なの？）

自らをなじり、お尻の割れ目をキュッと閉じる。今日はTバックを穿いていたから、後ろの細身がアヌスをこすって、いっそう悩ましさが募った。

（やだ……ずっとしていないからだわ）

溜まっているんじゃないのと巧磨を罵《ののし》ったが、何のことはない、それは夏帆自身のことであった。おかげで、青くさい体液でヌラつく肉棒から指を外せず、しつこく摩擦し続ける。

脈打つ逞《たくま》しさと、ゴツゴツした感触もたまらない。昂《たかぶ》りによって乳首が勃起し、ブラのカップにこすれて甘美な電流が走った。

（え、どうして？）

そこに至って、ようやく気がつく。たっぷりと精を放った牡の性器が、少しもおとなしくならないことに。

「ちょっと、どうしてなのよ？」

眉をひそめてなじると、巧磨が瞼を開いた。子犬みたいにあどけない目で見あげられ、豊満なバストがきゅんと締めつけられる。

「これ、全然小さくならないじゃない」

昂奮を包み隠してクレームをつけると、彼が困惑を浮かべた。

「それは——江藤さんの手が、すごく気持ちいいから」

「だけど、こんなにたくさん出したのよ。わたしの手もベトベトになったぐらいに。ひょっとして、満足してないの？」

この指摘に、巧磨が焦りを浮かべて否定した。

「そ、そんなことありません。もう、最高に気持ちよかったんですから。自分でするのよりもずっと」

言ってから、しまったというふうに下唇を噛《か》む。オナニーをしていると告白したも同然で、居たたまれなくなったのだろう。

二十代の若い男子が、己の手で欲望を発散していることぐらい知っている。恋人はいない様子だし、意外でも何でもなかったものの、夏帆は思わず口に出しそうになった言葉を呑み込んだ。

――だったら、ここでやってみせなさい。

彼が自らの手でほとばしらせる場面を鑑賞したくなったのである。さすがにそれは破廉恥《はれんち》すぎる。

けれど、妙な願望を抱いたせいで、夏帆も収まりがつかなくなってしまった。

（もう、あの人が全然してくれないから……）

責任を恋人に転嫁し、胸の内で不平をたれる。そんなことでこの場をやり過ごせそうもないぐらい、女の部分が疼いていた。

だったら、この元気なペニスで慰めてもらえばいい。

「まったく、しょうがない子ね」

君のせいだからねというポーズを示し、夏帆は右手でペニスを握ったまま、左手でボトムのホックを外した。

ファスナーも下ろして、タイトミニを床に落とす。続いて、パンストとパンティもまとめて剝《む》きおろした。利き手ではない片手で、容易ではなかったものの、燻《くすぶ》る欲望を鎮《しず》めたい気持ちが勝っていた。

「あ……」

思わず声が洩《も》れたのは、喰い込んでいたTバックが剝《は》がれるとき、ゾクッとする快感が生じたからだ。おそらくクロッチと恥部のあいだに、粘っこい糸が繫《つな》がったに違いない。

頭をもたげてこちらの動作を見守る巧磨は、夏帆の声に気がつかなかったようである。それどころではなかったのだろう。

(あん、すごく見てる……)

子犬みたいに可愛かった目が、今は発情したケモノみたいにギラついている。年上の女が下半身をあらわにすることで、期待が高まっているのだ。

パンプスも脱いで下半身すっぽんぽんになった夏帆は、丸テーブルにあがった。頑丈でも、二人分の重みは想定外らしい。不満げな軋みが聞こえたものの、そんなことを気にするゆとりはなかった。

「シャツをめくって」

命じると、彼が鼻息を荒くしてワイシャツの裾《すそ》をたくし上げる。鳩尾《みぞおち》が見えるところまで、肉づきの薄い腹部をあらわにした。

準備が整うと、夏帆は若腰を跨いだ。そそり立つ肉塔の先端を、自らの中心に導く。

「え、江藤さん」

巧磨が声を震わせる。彼の視線は、接近する男女の股間に向けられていた。このまひとつになるのだと、確信したのは明白だ。

「焦らないで」

たしなめて、精液のこびりついた亀頭を濡れた裂け目にこすりつける。

「あああ」

敏感な粘膜同士の触れあいに、年下の男が切なげな声を発した。

クチュクチュ……にちゃ――。

糸を引くような濡れ音が聞こえてくる。愛液と牡汁が混じって、摩擦で泡立っているのだ。

(すごいわ。また硬くなったみたい)

男根の脈打ちが著《いちじる》しい。恥割れにこすれる鈴口が熱いのは、新たな先走りを溢れさせているからではないのか。

再び達すれば、またおびただしいエキスを発射するに違いない。それを身体の奥で受け止めたい衝動に、夏帆は駆られた。

自分も彼もヌルヌルになっている。肉の滾《たぎ》りを上向きにして、ちょっと体重をかけるだけで、たやすくひとつになれるであろう。

下をすべて脱いで跨がったときには、そうするつもりでいたのである。だが、いよいよというところになって、ためらいが頭をもたげた。

(こんな簡単にしちゃってもいいの?)

巧磨が自らの考えで同僚女子を調査し、不穏な動きの一端を暴いたのは事実である。お手柄なのは確かでも、その件は何も明らかにされていない。今の段階で最高のご褒美を与えるのは、早すぎるのではないか。

それに、これからは何か成果を上げるたびに、淫らな施しを求められるだろう。悪事を暴く活動のはずが、目的が性的な満足を遂げるためになってしまったら、彼の正義感を蔑《ないがし》ろにすることにもなる。

最初にご褒美がほしいと匂わせられたとき、毅然《きぜん》とした態度を示すべきだった。しかし、すでに遅い。

こうなったら、そんな甘い考えでは困ると、しっかり知らしめなければならない。そのためにはどうすればいいのか、夏帆は奥まで貫かれたい欲望と闘い、頭をフル回転させた。

そして、これからの展開を思いつく。

「ひょっとして、わたしとエッチできると思ってるの？」

努めて冷淡に告げると、巧磨が目を見開く。いよいよというところで不穏な問いかけをされ、冷や水を浴びせられた心境だったのではないか。

「え？　あ、えと」

戸惑いをあらわにした彼を見つめながら、夏帆は思わせぶりに笑みを浮かべた。

「いくらなんでも、それは甘すぎるわ」

上向きにしていた肉棒を放すと、反り返って下腹にへばりつく。血管を浮かせた胴体に陰部を重ねて、夏帆は坐り込んだ。

「あうう」

巧磨が呻き、腹を波打たせる。早く女体に入りたくて疼いていた分身を圧迫され、快さにひたっているようだ。

その証拠に、上に乗った夏帆を持ちあげんばかりの勢いで、分身がしゃくり上げる。

「あふ」

夏帆も喘ぎ、裸の下半身をくねくねさせた。筋張った硬肉が敏感なところにめり込み、快さを得たのである。

「今度は、わたしが気持ちよくなる番よ」

前屈みになって彼の両脇に手をつき、腰を前後に振る。ゴツゴツしたペニスに女陰をこすりつけ、悦びを追い求めた。

「あ……あん、ンうう」

よがり声が唇からこぼれる。表情もだらしなく蕩けているに違いない。それを年下の男に見られているのだ。

(わたし、きっといやらしい顔をしているんだわ)

男の性器を用いてのオナニー。自らの指で慰めたことは数え切れないが、こんな方法で高まるのは初めてだ。恥ずかしいのに背すじがムズムズして、腰づかいが安定しなくなるほどに感じてしまう。

もっとも、愉悦に漂っているのは巧磨も一緒だ。

「うう、う、あああ」

身をくねらせて声をあげる。肉棒の脈打ちも猛々《たけだけ》しい。愛液でヌメる秘部で敏感な部分を摩擦され、たまらなくなっているようだ。

あからさまな反応に、ふと疑問が頭をもたげる。

「ねえ、巧磨クンって童貞なの？」

腰の動きを緩めて問うと、年下の男が狼狽する。

「ち、違いますよ」

「だけど、彼女はいないんでしょ？」

これに、彼は気まずげに目を逸《そ》らした。

「……でも、童貞じゃないです。大学時代に、ちょっとあって」

言葉を濁したものの、嘘をついている様子はない。童貞でこそなくても、経験が乏しいのは間違いなさそうだ。

そして、過去も現在も、恋人と呼べる女性は存在しないようである。

(正直な子ね)

嘘でも彼女がいたことにして、その子と初体験をしたと言えばよかったのだ。絶対にバレっこないのだから。

だが、それゆえに好感が持てる。嘘のつけない性格だからこそ、コンピュータの類い稀なスキルを悪用しなかったのだろう。

やっぱり巧磨は、仲間として信頼できる。夏帆は人選が正しかったことを改めて実感した。

だったら最後までさせてあげてもいいようなものの、そうはいかない。

（お楽しみは、最後までとっておかなきゃね）

胸の内で彼に告げ、腰の動きを派手にする。重なった性器が、ヌチュヌチュと卑猥な音を立てた。

（あん、気持ちいい）

敏感な部分を摩擦されるばかりではない。年下の男を快楽のオモチャにすることにも、胸の疼きを覚えた。

そのため、腰づかいがねちっこくなる。裏筋が恥割れにめり込み、包皮の継ぎ目部分がいい具合にクリトリスを刺激した。

「くぅうーン」

たまらずエッチな声が出てしまう。

「ああ、あ、江藤さん、もう――」

さっき盛大にほとばしらせたばかりなのに、巧磨は早くも頂上が迫っているらしい。やはり異性との交歓に慣れていないのだ。

「我慢しなさい」

夏帆は息をはずませつつも、冷たく言い放った。

「わたしがイクまで出しちゃダメよ」

「で、でも」

「もしも先にイッちゃったら、二度とご褒美はあげないからね」

巧磨が顔色を変える。泣きそうに目許《もと》を歪めながらも、歯を食い縛ったのが手に取るようにわかった。

(可愛いわ)

愛《いと》しさに胸を疼かせながら、脈打つ強ばりに陰部をこすりつける。腰の前後運動が、自然と速度を上げた。

「あ、ああ、いい……オチンチン、気持ちいい」

あられもないことをつい口走り、頬が熱く火照《ほて》る。だが、今は羞恥すら悦びに昇華されるようだ。

「きゃふッ」

甲高《かんだか》い嬌声を上げたのは、巧磨が腰を突き上げたからである。自身が昇りつめたいがために、年上の女をイカせるつもりらしい。

「いいわよ、もっとして」

煽ると、彼が腰を左右にも振る。硬肉が恥ミゾをぐにぐにと圧迫し、快美が体幹を貫いた。

「あ、あ、ああっ、いいッ、感じるぅ」

夏帆はよがり、高まる喜悦に奥歯を嚙み締めた。すぐにでも頂上へ至りそうだったのだ。

(ダメよ。もうちょっと——)

こんなふうに、誰かと二人で気持ちよくなるのは久しぶりなのだ。簡単に終わるなんて勿体ない。もっと長く、快さにひたっていたかった。

さっき、同じように絶頂を我慢していた巧磨をなじり、急所も愛撫して早々に果てさせたことなど、夏帆は忘れていた。尻の筋肉をキュッキュッと収縮させ、全身で悦びを享受する。

「だ、ダメです。もう」

巧磨がいよいよ音《ね》を上げる。下からの攻撃は諸刃《もろは》の剣で、強まった刺激は彼自身も上昇させたようだ。

（え、そんな）

もうちょっと我慢してと告げようとしたところで、甘美な震えが柔肌に生じる。夏帆も限界を迎えたのだ。

「あああ、わ、わたしもイッちゃう」

震える声で予告するなり、女陰に嵌《は》まったペニスがさらにふくらんだのがわかった。くびれの段差が際立ち、敏感な花の芽をはじく。

「イヤイヤ、イクイクイクぅっ！」

オルガスムスに巻き込まれたとき、股間で何かがはじける感覚があった。

（あん、出たんだわ、精液――）

目をつぶっていてもわかる。逞しい脈動がビンビンと伝わってきた。それが絶頂をさらに高い位置へと誘う。

「あああっ！」

青くさい匂いを嗅ぐなり、頭の中がザーメンと同じ色で染められる。牡に跨がったまま、夏帆は上半身を振り子みたいに揺らした。

「ふはっ、ハッ――あふふぅ」

熱い喘ぎをこぼし、体躯のあちこちをビクッ、ビクッと震わせる。年上の女が悦楽の波に弄ばれる姿を、巧磨は射精しながら見ていたのであろうか。

脱力した夏帆は、突っ伏しそうになった身体をどうにか両腕で支えた。呼吸を乱しつつも瞼を開くと、こちらを見あげる巧磨とまともに目が合う。

二度目でもたくさん出たようだし、かなり気持ちよかったのではないか。イッたあとの陶酔の眼差しに、ときめきが止まらない。

（巧磨クン――）

夏帆は愛しさにかられ、彼の頬に優しくキスをした。

4

「ただの使い込みじゃなさそうね」

夏帆の報告に渋い顔を見せたのは、五嶋総合食品の社長である五嶋成美。オフホワイトのスーツを上品に着こなした彼女は四十歳で、会社のトップに相応しい重厚なデスクを持て余しているふうにも映った。

しかしながら、成美は単なる世襲の二代目社長ではない。誰もが経営手腕を認めているし、社の業績も向上している。前社長は会長として顧問を務めているが、口を出す必要はないと、すべて娘に任せているぐらいなのだ。

だからと言って、敵がまったくいないわけではない。獅子身中の虫に悩まされるのは、多くの経営者に共通する悩みであろう。

それゆえ、信頼できる秘書に、社内の不穏な動きを探らせているのである。

夏帆は、成美が取締役のときから秘書を務めてきた。入社して半年は、前社長の秘書たちの末席で仕事を学んだが、あとはずっと彼女についている。

かれこれ六年近い付き合いになるから、気心は知れている。信望も厚く、だからこそ夏帆は、シークレット・セクレタリーに抜擢されたのだ。無論、難しい任務をこなせると、才能と行動力を認められてのことであるが。

成美が社長に就任して間もなく、シークレット・セクレタリーの構想を聞かされたとき、夏帆はそこまでする必要があるのかと疑問を覚えた。海外ドラマあたりに妙な影響を受けたのではないかと、正直あきれたのである。

しかし、実際に動いたところ、平和に見えた社内にも、様々な問題があるとわかった。それを見抜いていた成美を、夏帆は心から尊敬した。

以来、誇りを持って任務に当たっている。

「その、経理部の浜浦って子が関わっているのは間違いないのね？」

成美の確認に、夏帆は「はい」と即答した。

「巧磨――同じ経理部の如月君が、浜浦さんの様子を疑い、調査した結果なので」

「そんな大それた事ができそうな子なの？」

「ここに来る前に経理部に寄って、本人を見てきました。正直、何かを企《たくら》むタイプには見えませんでしたけど、如月君が言ったとおり、暗く沈んだ顔をしていたのが気になりました」

「もともとそういうタイプの子じゃなかったのね」

「はい。経理部に同期がいるので、それとなく確認したんですけど、確かにここしばらく様子がおかしいとのことです」

成美が「そう」とうなずく。

「つまり、無理やり使い込みをやらされてるってことね」

「おそらくそうだと思います」

「そうすると、誰にさせられているのか、それから、目的が何かが気になるわ」

女社長の眉間にシワが刻まれる。かなり深刻な状況だと受け止めている様子だ。

「社長は、個人的な使い込みではないと考えられているんですか？」

「個人的なことなら、わざわざ他の人間を利用しないはずよ。共犯をこしらえたら、悪事が露呈するリスクが大きくなるんだもの。それに、金額の大きさからして、遊興費程度で済まない気がするわ」

「じゃあ、大きな企みがあるってことなんですね」

「可能性は充分にあるわね。とりあえず、誰が浜浦さんに命じているのかを掴んでちょうだい」

「わかりました」

夏帆がうなずくと、成美が気怠げにため息をつく。年齢よりも若々しく、溌剌《はつらつ》としていたはずが、近頃では面差しに疲れが窺えるようになった。会社のトップとして、気苦労が絶えないのであろう。

「今回の件、しっかり調査して解決しますので、ご心配なさらずに」

安心させるべく胸を張って告げると、成美がうなずく。

「ええ、期待してるわ」

薄い微笑を浮かべたものの、心から安心した様子ではない。他にも懸念することがあるのだろうか。

「社長、だいぶお疲れみたいですけど」

気遣うと、彼女は「そうね」とうなずいた。

「内憂外患《ないゆうがいかん》なんていうけど、今は内憂内患かしら。使い込みの件も気になるけど、わたしの足元も不透明だから」

そのことは、成美が社長に就任した当初から聞かされていた。

父親である前社長から会社を継いだとき、表向きは平穏に事が進んだ。彼女の手腕を誰もが認めていたからだ。

とは言え、社内に不満がないわけでもなかったようだ。特に、昔ながらの男社会にアイデンティティーを見出している役員は、どうして女に仕えなければならないのかと、実力など関係なく苛立《いらだ》ちを募らせたらしい。

よって、隙あらば社長の座から引きずり下ろそうと画策する輩《やから》は少なくない。女性であることを理由に、成美が役員の一部から厭味《いやみ》っぽい言葉を投げかけられるのを、夏帆も何度か耳にした。

「雑音はあまり気にされないほうがいいですよ。社長が我が社になくてはならない人だというのは、誰もが認めているんですから」

励ましに、女社長は小さくうなずいた。

「ありがとう。とにかく、引き続きお願いね」

「わかりました。では、失礼いたします」

一礼し、夏帆が回れ右をしたところで、

「ちょっと、江藤さん」

成美に呼び止められる。

「はい、何でしょう」

振り返ると、訝《いぶか》る眼差しがこちらに向けられる。

「スカート、ファスナーが開いてるわよ」

「え？」

後ろに手をやるなり、夏帆は狼狽した。タイトミニのファスナーが、全開になっていたのである。

（いけない。さっき——）

小会議室で巧磨と淫靡《いんび》な行為に耽《ふけ》り、身繕《づくろ》いをするときにホックを留めただけで、ファスナーを上げ忘れたのだ。絶頂後で、頭がボーッとなっていたから。

（まったく……巧磨クンってば、気がつかなかったの？）

部屋を出るとき、彼のほうが後ろだったはず。そのときに指摘してくれれば、社長の前で恥をかかずに済んだのに。

などと責任転嫁したところで、不始末は取り消せない。

「すみません。さっきお手洗いに行ったもので」

弁明すると、成美がわずかに眉をひそめた。

「珍しいわね。いつもしっかりしている江藤さんが」

どことなく疑っているふうにも聞こえたものだから、夏帆はますます焦った。

（ひょっとして、わたしが巧磨クンといやらしいことをしたって、バレたのかしら？）

と、あり得ないことを考えてしまうほどに。

「し、失礼します」

夏帆はファスナーを引っ張り上げると、逃げるように社長室を出た。


秘書課のオフィスに行くと、会長の秘書である河西絵梨子《かさいえりこ》しかいなかった。

「絵梨子さんだけなんですか？」

「ええ。みんな忙しいみたい。会長が帰られたから、わたしはヒマなんだけど」

彼女がいつものおっとりした口調で答える。頬のふっくらした人好きのする面差しに、穏やかな微笑を浮かべて。

三十三歳の絵梨子は、秘書課でも古参のほうである。

桜色の上品なスーツを着こなすボディはむっちりと豊満で、優美な色香を漂わせる。もともと女性らしい艶《つや》めきを感じさせる人ではあったが、四年前に結婚して人妻になってから、色っぽさにいっそう磨きがかかったようだ。

そんな彼女は入社以来、すでに十年以上も会長——前社長に仕えている。

夏帆は秘書課に配属されたとき、絵梨子から仕事のノウハウを教わった。年が五つ離れていても少しも偉ぶらない彼女を、今でも姉のように慕っている。

けれど、単に親しいだけの間柄ではない。絵梨子もシークレット・セクレタリーの一員なのだ。夏帆が成美に推薦して仲間になり、現在は巧磨を加えた三人で、秘密裏に行動している。

「珍しいですね、会長がこんなに早く帰られるなんて」

夏帆は首をかしげた。

すでに第一線を退いているから、会長の仕事といえば役員会への出席と、あとは来客との懇談や、取引先と会食をするぐらいである。

もっとも、彼は会社で過ごすことが好きなようで、だいたい終業時刻までいる。ときどき、社内や工場を見回るなどして。

「ええ。ちょっとお疲れみたいね」

絵梨子はさらりと答えた。

会長は矍鑠《かくしゃく》としているものの、年は七十を超えている。隠居して余生を過ごすタイプではないが、無理のできる年齢でないのも確かだ。

「大丈夫なんですか？」

夏帆が気遣うと、人妻秘書は明るい笑顔を見せた。

「会長なら心配ないわ。とっても元気だから」

元気なのにお疲れとは、矛盾しているのではないか。夏帆は疑問を感じたものの、突っ込んで確認するほどのことではないので、そこで打ち切った。

だいたい、もっと重要な話があるのだ。

「今、社長に報告してきたんですけど、経理部に不穏な動きがあるんです」

巧磨からの情報を伝えると、絵梨子が難しい顔を見せた。普段は誰とも笑顔で接するのであるが、任務のときは表情がきりっと引き締まる。実は体育会系で、ハンマー投げで国体に出場したことがあると知ったのは、仲良くなってからのことだ。

「確かに、ただお小遣いが欲しくてってわけじゃなさそうね。その程度の金額でいいのなら、もっと簡単な方法があるもの」

「え、簡単な方法って？」

「知りたい？」

彼女が思わせぶりな笑みを浮かべる。秘書として有能なのはもちろん、様々な職務の知識やスキルにも富んでいるのだ。直ちに他の部署に異動せよと命じられても、そつなく仕事をこなせるほどに。

よって、使い込みの手口だって、数え切れないほど知っているに違いない。

「いいえ。けっこうです」

夏帆は首を横に振った。絵梨子が能力を正しいことに活かしてくれるのは、会社としても幸運と言える。万が一でも敵に回したくないタイプだ。

「あら、そう」

彼女は残念だわという面持ちを見せたものの、すぐに話を元に戻した。

「その、浜浦っていう子、おそらく会社内で見張っていてもボロは出さないと思うわ。お使いで外出したときとか、退社後とか、外で尾行する必要がありそうね」

絵梨子の意見に、夏帆も賛同した。

「そうですね……絵梨子さん、お願いできますか？」

「え、どうして？」

「わたし、尾行って苦手なんです」

絵梨子がなるほどという顔でうなずく。

「ああ、確かにそうね。夏帆ちゃん、美人だし目立つから、すぐ相手に感づかれちゃうわね」

「そんなことないですよ。ていうか、わたし、気が短いから、跡をつけるのってイライラしちゃうんです。向こうがすぐに何かやらかしてくれればいいんですけど」

これは性格だから仕方がない。勇み足なところがあると自分でもわかっていたから、落ち着いた行動や判断のできる仲間が必要だと、絵梨子に加わってもらったのだ。

考えてみれば、堪え性もなく巧磨に手を出したのだって、気の短さゆえかもしれない。

「んー、だけど、終業後は無理よ。帰らなくちゃいけないから」

人妻である彼女は、結婚以来、必ず定時に退社していた。夫に晩ご飯を作るためとのことだが、要は一緒にいたいのだと夏帆は思っている。

(まだラブラブなのかしら?)

結婚して四年。未だ新婚気分が抜けないというのか。

「あと、仕事中だって、今みたいに会長がいないときならともかく、そうそう暇があるわけじゃないし」

「それは……」

「夏帆ちゃんみたいに、便宜を与えられているのならいいんだけど」

社長秘書は三人いて、それぞれに役割がある。夏帆は文書作成と管理を担当しており、仕事量は他の二人ほどではない。また、SSの任務で忙しいときには、遅れも大目に見てもらえる。

だが、会長の秘書は絵梨子だけだ。やるべきことは多くなくても、会長が在社のときは自由に動けない。

となれば、夏帆が尾行するしかなかろう。

「じゃあ、わたしがやります」

仕方なく受け入れると、絵梨子が「それがいいわ」とうなずく。

「じゃあ、何かわかったら教えてね」

「はい」

「わたしはちょっとお手洗いに」

彼女が席を立ち、デスクから離れる。後ろ姿を何気に見送った夏帆は、思わず「あっ」と声を洩らした。

人妻秘書は気づくことなく、オフィスを出て行く。タイトスカートに包まれた、もっちりヒップを左右に揺らして。

夏帆が驚いたのは、絵梨子のスカートのファスナーが全開になっていたからだ。ついさっき、成美に指摘された自身と同じように。

(それじゃ、絵梨子さんも誰かと?)

スカートを脱いで、社内でいやらしいことをしたというのか。そして、夏帆の脳裏に浮かんだ彼女のお相手は、会長であった。

まだ彼が社長の地位にあったとき、新人秘書として夏帆は仕えた。当時、社長秘書は四人いて、秘書課の中でも綺麗どころが集められていたようであった。

とは言え、べつにセクハラをされたわけではない。ボディタッチはもちろん、性的なジョークも皆無だった。そのあたり、会社のトップとしての良識は持ち合わせていたようだ。

それでも、自分たちを見る社長の目に、夏帆は男を意識せずにいられなかった。いつもではないが、どことなくギラついていたというか、品定めをされているように感じたのである。

半年で彼の下を離れたから、夏帆はあとになって、気のせいだったのかもしれないと考え直した。社長は業界内でも紳士で通っていたし、奥さんも大事にしていると評判だったからだ。他の女性に移り気など起こさないはず。

にもかかわらず、絵梨子が会長と何かあったのではないかと想像したのは、単純な理由からである。二人は会社で多くの時間を過ごすのであり、他に相手が思いつかなかったのだ。

だいたい、会長室なら邪魔をされる心配もない。加えて、さっきの絵梨子の発言を思い返せば、そうに違いないとうなずける。

(会長が疲れて帰ったのは、絵梨子さんといやらしいことをしたからじゃないの?)

七十を超えていれば、一度の射精でくたくたになるであろう。一方で、とっても元気だなんて相反することを彼女が口にしたのは、その年でもしっかり勃起するという意味だったのではないか。

そこまで考えて、夏帆はかぶりを振った。

(まさか……そんなことあるはずないわ)

会長には奥さんがいるし、絵梨子だって人妻だ。会社をいつも定時に出るぐらいに夫を愛しているのなら、上司と不適切な関係を結ぶわけがない。

「そうよ、考えすぎだわ」

つぶやいて、妄想を頭から追い払う。きっと用を足したときに、うっかりしてファスナーを上げなかったのだ。

しかし、彼女はたった今トイレに向かったのである。その前に行ったときから開いていたのだとすれば、誰かが見つけて注意したのではないだろうか。それこそ、会長あたりが。

実際のところどうだったのか。打ち消したはずの疑問がぶり返し、悶々とする夏帆であった。

第二章　凌辱されるＯＬ

1

志桜里が外出したと巧磨から連絡があったのは、翌日の午後であった。

『浜浦さん、たった今オフィスを出ました』

内線電話で声をひそめ、彼が手短に告げる。

「何の用事で？」

『課長には、銀行へ行くと言ってました』

もしかしたら、使い込みに関わる動きかもしれない。夏帆は「ありがと」と礼を述べると、直ちに秘書課のオフィスを出た。

エレベータで一階に降り、ロビーを見回すと、玄関から出る後ろ姿を見つけた。

（いた――）

夏帆は気づかれぬように跡を追った。

実は、昨日も退社後の志桜里を尾行したのである。だが、彼女は少しも怪しい動きを見せず、バックにいるであろう人物と会うこともなかった。

途中、志桜里はコンビニに寄った。買い求めたのはおにぎりがひとつとサラダ。おそらく夕食なのであろうが、やけに質素である。

おまけに、帰ったところも、ごく普通のアパートだったのだ。

あの使い込みが自分のためであったのなら、もっといい部屋に住むであろう。バレないよう目立たぬ暮らしをしているとも考えられるが、食事ぐらいはレベルを上げるのではないか。何しろ、おにぎりは安いツナマヨで、サラダもドレッシングのついていないものだったのだ。

それに、服装や持ち物も地味だった。メイクも薄めだし、髪も染めていない。田舎《いなか》から出てきたばかりの女の子だって、もっと飾り立てているのに。

そのため、手がかりこそ得られなかったものの、誰かに命じられて悪事に手を染めたのだと、夏帆は確信できたのである。

そして今日、会社を出た志桜里は、やけに周囲を気にしている様子だった。歩きながら左右に顔を向け、背後を窺うような素振りすら見せた。

（これは間違いないわね）

彼女の死角に入って尾行を続けながら、夏帆は一人うなずいた。きっと使い込みに関係した用事なのだと。

案の定、志桜里が入ったのは、会社と取引のない地方銀行の支店だった。ただ、巧磨から報告のあった、実体のない会社の口座とも異なっている。

（あちこちの口座にお金を経由させて、追跡させないつもりかしら）

だとすれば手が込んでいるし、敵はかなり慎重のようだ。尻尾を摑むのは難しいかもしれない。

ならば、志桜里に口を割らせるのが早道だ。

ここに来るまで周囲をかなり気にしていたのは、罪悪感があるからだ。脅されている可能性があるし、責めるのではなく助けてあげるという態度で接すれば、何もかも話してくれる公算が大きい。

夏帆は少し離れた物陰で、彼女が出てくるのを待った。

絵梨子にも言ったとおり尾行は苦手だが、張り込みはそれ以上にしたくないことのひとつだ。五分も経たないうちに、夏帆はイライラしてきた。

尾行なら歩いているし、相手の動向を注視するから気持ちも張り詰める。焦《じ》れったさはあっても退屈ではない。

一方、張り込みはただ待つだけだ。これほど退屈なことはなく、気が短いと自覚している夏帆には、苦行にも等しかった。

いっそ、銀行の中に入って、何をしているのか様子を見ようか。しかし、入店すれば何の用かと、受付担当に声をかけられるところが多い。そうなったら面倒だ。

夏帆は巧磨の報告を受けるまで、志桜里を知らなかった。けれど、こちらは社長秘書であり、ほとんどの社員には顔が知られている。行員に用件を訊ねられたとき、近くに彼女がいたら顔バレして、逃げられる恐れもあった。

(やっぱり待つしかないわね)

とりあえず、訪れた銀行はわかった。あとは巧磨に金の流れを追ってもらえば、敵の目的が摑めるかもしれない。

そう思い直したものの、時間の経過と共に苛立ちが募ってくる。

(ダメよ、夏帆。こんなことでどうするの)

自らを叱り、冷静になれと言い聞かせる。この程度の任務も成し遂げられなくて、いったいどうするのだ。シークレット・セクレタリーという、社長の特命を受けた身であることを自覚しなければならない。

夏帆はかつて、成美に訊ねたことがあった。どうして自分をそういう任務の担い手に選んだのかと。

『もちろん、あなたならできると思ったからよ』

彼女は簡潔に答えた。そして、社長に就任したら、秘密裏に動く精鋭を身近に置くことを、早くから構想していたと打ち明けたのである。

『だから、わたしは江藤さんを採用して、秘書課に配属させたの』

言われて、夏帆は思い出したことがあった。採用面接のとき、当時は専務だった成美に、かなり突っ込んだ質問をされたのである。

大学での専門や、運動歴ばかりではない。仕事や会社組織についての考えや心構え、さらには、不正に遭遇した場合、どう対処するかということまで訊かれた。面接を担当したのは、成美と当時の社長を含めた五名で、他の面々がちょっと戸惑った顔を見せていたのも憶えている。

彼女は、事前にピックアップした入社希望者にのみ、それらのことを問いかけたという。かなり早い段階から、採用に関わっていたとも聞いた。

つまり、夏帆は選ばれた存在だったわけだ。

今では秘書の仕事以上に、ＳＳの任務にやり甲斐を感じている。もちろん、正義に反することが何も起こらないのが理想だが、会社が大きくなって社員が増えれば、どうしても綻《ほころ》びが生じるものだ。

（そうよ……この程度のことで、イライラしてちゃいけないんだわ）

選ばれた誇りを胸に、また、選んでくれた成美の期待に報《むく》いるためにも頑張ろう。何より、義に反することを見逃してはならない。

夏帆のこういう性格は、きっと親譲りなのだ。

彼女の両親は、ともに警察官である。父親は捜査畑ひと筋の刑事で、母親は警察本部の課長補佐を務めるキャリア組だ。

そんな二人の影響で、正しい行いをして悪を見逃さないという倫理観が、自然と身に備わったようである。

両親の教育方針で、女だからといって、らしさを求められることもなかった。幼い頃から武道を習わせられたのは、自分の身は自分で守るべきだという考えからである。柔道に剣道、空手と、ひととおりマスターしたのは、もともと身体を動かすことが好きだったためもあった。

そんなふうに育てられても、夏帆は両親と同じ警察官の道には進まなかった。危険

に晒《さら》される職業ゆえに父親が反対したし、母親も、警察組織は男社会の風土が根強く、思いどおりにならないことが多いと教え、

『夏帆は、自分をもっと活かせる仕事に就いたほうがいいわ』

と、娘にアドバイスをした。

それゆえ一般企業に就職したのだが、今はこうして捜査官じみたをことをしている。抵抗なく任務を果たせるのは、素養が育まれていた証とも言えよう。

母親はサイバー対策室に長く勤めていて、夏帆も興味があったから、よく話を聞いていた。シークレット・セクレタリーになってすぐ、情報収集の協力者が必要だと考え、母親の捜査資料をこっそり閲覧したのである。そこで、ミスター・プレイヤーというハッカーの存在を知った。

情報の悪用をしなくても、不正なアクセスをしたのは事実である。彼は捜査対象になっていた。それでも捕まらなかったのに、夏帆は独自に彼を見つけ出した。

まずはネット上の足跡を探し、彼が利用する深層ウェブの掲示板に、偽《にせ》の情報を書き込んだ。こちらが追うのではなく、向こうからアクセスをするように仕向けたのである。ハッキングは無理だが、敵を引っ掛けるのは得意なのだ。

そのとき使われたのは、追跡をかわすべく設定された私物のものではなく、大学の

パソコンだった。閲覧だけなら大丈夫だろうと油断したらしい。おかげで学校名とIDが判明した。

正体がわかったあと、夏帆は外部の協力者として彼を招聘《しょうへい》するつもりだった。成美にもそう許可を得ていたのだ。

その本人――如月巧磨が五嶋総合食品に就職を希望していたのは、まったくの偶然だった。夏帆はラッキーだと喜んだ。成美に進言して採用してもらい、仲間に加わるよう仕向けたのである。

かくして、現在は絵梨子も含めて三名という少人数ながら、着実に成果を上げている。できればもう一人、自分のように自由に動けるメンバーがほしいというのが、夏帆の希望であった。

(そうすれば、こういう退屈な任務を手伝ってもらえるのに)

やっぱり張り込みは苦手だわとため息をつきつつ、辛抱強く待つ。そうして一時間も経とうかというところで、

(あ、来た)

志桜里が銀行から出てきた。疲れ切った表情は、時間がかかったためではなく、意に反することに関わったせいではないのか。

おまけに、彼女は目元をそっと拭ったのだ。

したくもないことを無理やりさせられ、罪悪感に苛まれている。打ちひしがれた表情から内心を読み取り、夏帆は即座に動いた。一刻も早く、救ってあげなければならないと思ったのだ。

「浜浦さん」

歩き出したところで声をかけると、志桜里が振り返る。夏帆の顔を見るなり、ギョッとして立ちすくんだ。何者か知っているのだ。

「わたし、社長秘書の江藤です」

いちおう名乗ると、小さくうなずく。どうして自分の名前を知っているのかなどと、疑う余裕もなさそうだ。それでも、

「お話があるんだけど、ちょっと付き合っていただけるかしら？」

夏帆の言葉で、すべてを察したのではないか。観念したふうにうな垂れた。

そのくせ、どことなく安堵した様子が窺える。これで悪事から解放されると、気が安まったのかもしれない。

手近のコーヒーショップに入り、隅っこのテーブルで向かい合う。コーヒーの香り

で気持ちが落ち着くのを見計らい、

「さっきの銀行へは、会社の用事で？」

問いかけたものの、志桜里は俯《うつむ》いたまま何も答えなかった。それだけで嘘のつけない性格なのだとわかる。やはり使い込みは自らの意志ではない。

そして、いつかはバレると覚悟していた様子だ。

「率直に訊くわね。あなた、したくもないことを、無理やりやらされてるんじゃないの？」

彼女が顔をあげ、目を潤ませる。縋《すが》る眼差しは、明らかに助けを求めていた。

「あのね、わたしは社長の命令で調査しているの。あなたが会社のお金を引き出して、仕事以外に流用しているのはわかってるんだけど、いったい誰の命令でそんなことをしているの？」

志桜里がためらうように視線を外す。黒幕を守るためというより、どうしてこうなったのかを知られたくないと見えた。

夏帆は身を乗り出し、味方であることを示した。

「わたしはあなたを助けたいの。会社のために調査しているのは間違いないんだけど、あなたが元の生活に戻れるようにしてあげたいのよ」

罰することが目的ではないと伝えることで、話しやすくさせる。それでもなかなか口を開かなかったのは、同性にも打ち明けづらい目に遭ったためだと推察できた。

それにより、黒幕との関係もおぼろげながら見当がつく。

（やっぱり男ね）

おそらくは身体の関係をネタに、脅されているのだろう。

「ねえ、あなたに命令している人とは、騙されてそういう関係になったの？　それとも、無理やり力尽くで？」

二択で事情を探ろうとすると、志桜里は首を小さく横に振った。

「……わからないんです」

「え、わからないって？」

「知らないあいだに、そういうことになって……」

彼女がクスンと鼻をすする。涙が一粒、頬を伝った。

要領を得ない答えに、夏帆は困惑した。

（え、どういうこと？）

やはり黒幕がわからないと、事実を引き出しにくい。

「じゃあ、先に、そいつの名前を教えてもらえる？　二度とあなたに手出しができないようにするから。約束する」

力強く告げ、テーブルに置かれた志桜里の手を優しく握る。

「社長もあなたの味方だから、安心して話してちょうだい」

繋がりを信じさせるスキンシップで、彼女もようやく決心がついたようだ。

「……室田《むろた》専務です」

絞り出すように告げられた名前に、夏帆は目を見開いた。予想よりも地位の高い人間だったからだが、人物そのものには意外だと思わなかった。

(室田専務か。なるほどね)

ただ、どうやって経理部の若い女子社員を手懐《てなず》けたのかが気にかかる。

専務の室田善彦《よしひこ》は五十一歳。五嶋総合食品には専務が三人いて、会長を除いた社内の順位はナンバー3というところか。

印象としては人好きのする、話しやすいオジサンというふうだ。だが、夏帆は彼が好きではなかった。地位が下の者を見下す傾向があり、秘書も単なる召使いと捉えているのが窺えたからだ。

加えて、女性を見る目がいやらしく、かなり好色だという評判もある。セクハラまがいの言動はしょっちゅうだし、退社後も大手を振って夜の店を渡り歩いているらしい。

それゆえ、秘書も堅物で知られる、秘書課最年長の山口昌子《やまぐちまさこ》があてがわれていた。若い子だと妙なことをされかねないと、上の判断があったようだ。

かような人物だからこそ、室田が志桜里に手を出したのは納得できる。しかし、身持ちの堅そうな彼女が、どうして懐柔されたのだろう。おまけに、本人もいきさつがわからないという。

「それじゃあ、室田専務と何があったのか、順番に話してくれない？　心配しなくても、絶対に他には洩らさないから」

促すと、志桜里はためらいを残しつつも、ぽつぽつと話し始めた。

2

志桜里が専務室に呼ばれたのは、三ヶ月も前のことだ。上司からは、会社の働き方改革の一環で、社員に直接話を聞く機会を設けていると伝えられた。

だからこそ、専務室で室田と二人きりになったことに不自然さは感じなかったものの、緊張せずにはいられなかった。大企業の専務ともなれば、入社三年目の一社員の身には、雲の上の存在であったからだ。

「さあ、楽にしなさい」

高級そうな応接セットで向かい合うと、室田がにこやかに述べる。一人掛けの大きな椅子に深く坐った彼とは対照的に、志桜里は三人掛けの端っこで肩をすぼめていた。

コンコン――。

ドアがノックされる。

「失礼します」

地味なスーツ姿の女性が、トレイを手に入ってきた。

志桜里は面識がなかったが、専務の秘書らしい。年は四十路近いのではないか。黒縁眼鏡でひっつめ髪の、いかにも真面目そうな人だ。

彼女は二人の前にコーヒーカップを置いて一礼し、

「ごゆっくりどうぞ」

言い置いて、専務室を出て行った。

「砂糖とミルクは？」

身を乗り出した室田が手をのばしたのは、ローテーブルに置いてあった小さな籠《かご》。

そこにはスティックシュガーとポーションクリームが入っていた。

「あ、いえ。自分でやります」

答えたものの、彼は小さな容器を開けて、白い液体をコーヒーに垂らした。

「砂糖も？」

志桜里は恐縮し、「お願いします」と頭を下げた。普段はミルクだけなのだが、断ったら悪い気がしたのだ。

室田はグラニュー糖の粉末も若い女子社員のコーヒーに入れ、スプーンで掻《か》き回すことまでしてくれた。

（室田専務って、親切な方なのね）

おかげで緊張がいくらかほぐれる。彼の悪い噂など知らなかったから、志桜里はすっかり信頼していた。

「さ、飲みなさい」

「はい。いただきます」

カップを持ち、柔らかな香りを漂わせるコーヒーを口に含む。これまでに飲んだことのない味わいであった。

（きっと高級な豆なのね）

普段飲むのはインスタントか、大衆的なコーヒーショップのものがせいぜいだ。何が美味《おい》しいのかもよくわかっていない。

室田は砂糖もミルクも使わず、ブラックのままカップに口をつけた。そんなところにも、大人の男を感じて好感を抱く。

「ところで、何の用事で呼ばれたのか、わかっているね？」

質問され、志桜里はカップをソーサーに戻し、「はい」と返事をした。

「働き方改革の一環で、専務が社員から直接意見を聞かれると、課長に伺いました」

「まあ、働き方改革なんて言うと大袈裟《おおげさ》だが、要は社員が働きやすいように、悪いところを変えていこうってことなんだ。その調査を私が担当しているんだよ」

丁寧な説明にうなずくと、室田が頰を緩める。

「だから、浜浦君が普段思っていることや感じていることを、有りのまま話してくれればいいんだよ」

人好きのする笑顔に心を許し、志桜里は思いきって疑問を口にした。

「あの……どうしてわたしが選ばれたんでしょうか？」

大勢いる社員の、全員から話を聞いているわけではなさそうだ。だとすれば、どんな基準で調査対象を決めたのかが気にかかる。

「ああ、それは完全な無作為だよ。各部署から数名をランダムに抽出したから、私も秘書からは名前しか聞いていなかったんだ」

　ということは、さっきの真面目そうな女性が、社員名簿か何かを使って、適当にピックアップしたのか。

「じゃあ、わたしがこちらに呼ばれたのは、たまたまなんですね」

「そういうことさ。私も、こんな可愛らしい子が来てくれたものだから、ちょっと緊張しているんだよ」

　単なるお世辞だとわかっていても、やはり照れくさい。志桜里は火照る頬を見られないよう、顔を伏せた。きっと赤くなっているに違いないから。

　これまで付き合った異性は一人だけ。学生時代だったから、肉体関係こそあっても、ままごとみたいな恋愛だった。

　よって、男を理解しているとは到底言えない。まして、相手が父親と変わらぬ年齢では、何を考えているのかを推し量るのは不可能に近かった。

　そのため、自分がランダムに抽出されたのではなく、身辺を綿密に調査されて選ばれたとは、想像すらしなかった。

　そもそも相手は大企業の役員であり、ここは会社の中なのだ。危機感なんて抱くはずがない。

「ところで、浜浦君は経理部だったね。今はどんな仕事を担当しているのかな？」

いきなり会社への不満など述べさせても、話しづらいと考えたのだろう。室田は世間話的な話題から入った。

「わたしはまだ新人みたいなものなので、各部署からの伝票をチェックして、入力するのが主な仕事です」

「そうすると、ずっとデスクワークなのかな？」

「いえ。送金を頼まれて、金融機関に出かけることもあります」

話しながら、コーヒーに口をつける。室田がカップを手にするたびに、無言で勧められた気になったのだ。

そのため、話し始めて十分も経たないうちに、カップは空になった。

「さてと、それじゃ、仕事上の問題点を探っていくから、質問に答えてもらえるかな」

室田が用紙の挟まったバインダーを手にする。ちゃんと答えなければと、志桜里は居住まいを正した。

「まずは、同僚や上司の言動で、不快な気持ちになったことはあるかね？　差し障りがあるようだったら、名前までは言わなくてもいいから」

「いえ……ないと思います」

「思いますってことは、まったくないわけじゃないってことかな？」

「ああ、えと、わたしは当事者じゃないんですけど、端から見ていて大丈夫かなと感じたことはあります」

「それはいつ？」

「入社して間もなく、部内の歓迎会があったときで――」

酒が入って盛りあがった宴席で、同期の女の子が年配の男性上司からプライベートに関わることを訊かれ、困っていたことを話す。

「なるほど。その上司は、オフィスでもそういうことを言うのかね？」

「いいえ。普段は真面目な方です。そのときはアルコールが入って、脱線しただけだと思います」

「そうか……酒は飲んでも、飲まれちゃいけないな」

道徳的なことを口にした室田が、困ったふうな顔で視線を外す。何かまずいことを言ったのかと不安に駆られた志桜里であったが、彼の目がこちらの下半身にチラッと向けられたことで、ようやく理由がわかった。

そのとき、彼女は膝上丈のスカートを穿いていた。脚をきちんと揃えたはずが、いつの間にか膝が離れて、だらしなく開いていたのである。

「あ——」

焦って脚を閉じるなり、また頬が熱く火照る。話をするあいだに気が緩み、姿勢が崩れてしまったのか。

しかし、行儀に関しては、両親から厳しく躾《しつ》けられてきた。こんなことは、これまでなかったのに。

「では、次の質問だが」

室田の言葉で、背すじをのばす。いや、のばしたつもりであった。

(え、どうして?)

体幹に力が入らない。揃えたはずの膝が、また離れるのもわかった。

おまけに、頬だけでなく、全身が熱くなってきたのである。

じゅわ——。

何かが身体の中心を伝う感覚がある。それが昂りを示す蜜であると、程なくわかった。パンティのクロッチがじっとりと湿り、秘部に張りついたからだ。

(わたし、どうしちゃったの?)

自分でもさっぱり訳がわからない。目の前で困惑を浮かべる男の存在すら、現実なのか夢なのか、判然としなくなった。

はっきりしているのは、切なすぎておかしくなりそうなほど、肉体が疼いていることである。

志桜里は性的にストイックなほうである。知っている男はかつての恋人のみであり、セックスも頻繁ではなかった。別れてからは、誰とも一切していない。

ただ、オナニーは週二回ぐらいのペースでしていたけれど。

それでも、こんなふうにしたくてたまらなくなったのは初めてだ。発情期のケモノじゃあるまいし、いったい何が起こったというのか。

（あ──）

室田の目が、こちらへ真っ直ぐ注がれているのに、志桜里は気がついた。それも下半身のほうに。

いつの間にか、膝が大きく離れている。スカートの奥まで見られているとわかっても、閉じることができなかった。きっとパンティにできたいやらしい染みも、発見しているに違いないのに。

「どうしたんだい、浜浦君？」

あきれた眼差しを向けられても、返事すらできない。

呼吸がせわしなくはずむ。ハァハァという息づかいが、耳にうるさいほどだった。

そこからしばらくの間、記憶が途切れている。パニックに陥《おちい》ったのと、あまりの恥ずかしさで意識を失ったらしい。

気がついたとき、志桜里はソファーに横たわっていた。

（……え？）

瞼を開くと、石膏ボードの天井が見える。いったいここはどこなのか、ぼんやりする頭で記憶を蘇らせようとしたとき、下半身に奇妙な感覚があった。そのことに気がつくなり、

「あふぅうぅっ」

抗《あらが》いようもなく、いやらしい声をあげてしまう。甘美な刺激が体幹を貫いたのだ。

「感じているのかい？」

問いかけと同時に、生ぬるい風が敏感な部分に吹きかかる。いつの間にパンティを脱いだのだろう。

いや、それどころか、下半身がすべてあらわになっている。剝き身のヒップが、革のソファーに触れているのがわかった。

「イヤッ」

何をされているのかを察し、身をよじって逃れようとする。しかし、全身が気怠さにまみれて動けなかった。

というより、もっと気持ちいいことをされたいと、肉体が欲していたのである。

「こんなに濡らして。いやらしい子だ」

それが室田の声であるとわかり、志桜里はようやく自らの置かれた状況を理解した。

（わたし、専務の前で何をしているの？）

普通に話をしていたはずが、急に身体が疼きだし、スカートの中を晒したのである。いやらしいことをしてと誘うみたいに。

それだけでも信じ難いのに、今は下をすべて脱ぎ、大股開きで秘園を見せつけているのだ。

頭をもたげて自らの恥ずかしい姿を確認し、志桜里は軽い目眩を覚えた。ナマ白い下腹に逆立つ恥叢《ちそう》の向こうに、中年男の下卑た笑みを確認するなり、堪えきれずに瞼を閉じる。

（ああん、全部見られてる）

たまらなく恥ずかしいのに、脚を閉じられないのはなぜだろう。これでは丸っきりヘンタイではないか。

それとも、これが本当の自分だとでもいうのか。

「浜浦君のここは、とってもいい匂いがするね」

辱《はずか》しめの言葉に、志桜里は「いやぁ」と身悶えた。

シャワーを浴びたのは昨晩で、通勤や仕事で蒸れていたし、トイレにだって何度か行ったのだ。生理も近くて、性器が生々しい臭気を放っていることぐらい知っている。そんなものを嗅がれて、平気でいられるはずがない。

にもかかわらず、背すじが妙にゾクゾクした。もっと嗅いでほしいなんて、はしたなく望んでしまう。

(わたし、本当にヘンタイになっちゃったの？)

おまけに、秘部がいっそう潤う感覚がある。愛液がジワジワと溢れ、今にも溢れそうになっているようだ。

「ほら、いやらしいおツユがいっぱい出てきたよ。舐《な》めてほしいのかい？」

問いかけに続いて、敏感なところにフーッと息をかけられる。

「あふン」

そんなつもりはなくても感じてしまい、腰が自然とくねる。温かな蜜が滴り、会陰《えいん》からアヌスへと伝った。

「ああ、勿体ない」

その言葉の意味を、志桜里はすぐに理解できなかった。けれど、何かが濡れ苑《その》に押しつけられ、ヌルリと這う感触を得てようやく悟る。こぼれ落ちた女体の露《つゆ》を、室田が欲したことを。

「だ、ダメ……」

抗う声も、こぼれる呻きに混じって弱々しいものとなる。狂おしいまでの快感に、肌のあちこちがピクピクと痙攣《けいれん》した。

ぢゅぢゅぢゅぢゅッ――。

啜《すす》り音が聞こえ、身体の芯が甘美な痺れを帯びる。

（ウソ……こんなのって――）

自らがされていることも信じ難かったが、それ以上に与えられる悦びが、志桜里を戸惑わせた。

「ああ、い、イヤぁ」

拒む言葉を口にしながらも、肉体は歓喜にうち震える。もっと舐めてと望んでいる自身に、志桜里は情けなくて涙をこぼした。

唯一の恋人だった男と、オーラルセックスほとんど交わしていない。処女と童貞で結ばれたカップルで、最初の結合まで時間を要した。その後も、欲望のままに求め合うなんてことはなかったのだ。

フェラチオをしたのも、求められてではなかった。そういう行為の知識があったから、彼を気持ちよくしてあげたいと試みたのである。

それにしたところで、ほんの数回しかしていない。まして、自分が舐められるのなんて、恥ずかしくて絶対に無理だった。

なのに、ずっと年上の男から、それをされている。

「あ、ああ、くううぅ」

よがり声がこぼれる。羞恥を凌駕する快感に、志桜里は身悶えた。そして、無意識のうちに着衣の上から、乳房をまさぐっていることに気がつく。

(何をしてるの、わたし——)

どうしてこんなに淫らな女になってしまったのだろう。四年近く彼氏がいないものだから、欲求不満が高じたとでも言うのか。

だが、恋人だった男とのセックスでは、昇りつめたことがなかった。初めてのときはただ苦痛だったし、数をこなせば快感に取って代わったのかもしれないが、そこに至る前に関係が終わった。

よって、男が欲しくなるなんてあり得ないのに。

ピチャピチャ……チュッ――。

クンニリングスのねぶり音が、身体の中心を伝って響いてくる。敏感な花の芽をはじかれて、腰がビクンとはずんだ。

(わたし、どうなるの？)

正直な匂いばかりか味も知られて、すべてを支配された気分。もう、堕ちるところまで堕ちてしまったと思った。

しかし、これで終わりではなかったのである。

「あ、あ、ダメぇッ！」

悲鳴をあげたのは、膣に何かが入り込んできたからだ。

「ずいぶん狭いな。キツキツじゃないか」

室田の声で、ペニスを挿入されたのかと早合点する。目を閉じていたし、あまり経験がなかったから無理もない。

もっとも、口がはずされてすぐだったから、そうではないと悟る。そこまでの早業《はやわざ》は、さすがに不可能だ。

挿《い》れられたのは、男の指であった。

「こんなに締まりがいいとはな。ツブツブがけっこうあるし、具合の良さそうなオマンコだ」

卑猥な四文字を口にされ、ますます打ちのめされる。性器に対する品のない批評に、蔑まれているのを自覚した。

自分は所詮、その程度の女なのだ。自虐的になったところで、侵入した指が出し挿れされる。

「あひっ、いいいッ」

鋭い嬌声を発し、志桜里は総身を震わせた。無意識のうちに、蜜穴をキュッキュッとすぼめていたようだ。

「そんなに気持ちいいのか？　マンコが喜んでるぞ」

室田の指摘は間違っていなかった。頭の中に霞《かすみ》がかかるほどの、強烈な悦びが生じたのである。

（こんなのあり得ないわ——）

オナニーのときはクリトリスをこするだけで、指を中に挿れない。恋人とのセックスでも快感を得ることはなかったし、膣感覚に目覚めていなかったのである。

なのに、どうしてここまで感じてしまうのか。

「ほら、こうするといいんだろう？」

指が乱暴に抜き挿《さ》しされる。ピチャクチャと、愛液の泡立つ音がした。

「ダメダメ、し、しないでぇ」

頭を打ち振って懇願したのは、経験したことのない歓喜にまみれ、おかしくなりそうだったからだ。その反応は、かえって男の嗜虐心を煽ったらしい。

「嘘をつくな。マンコはキュウキュウ締まって嬉しがってるぞ」

乱暴なピストンで、女性の大切なところを抉《えぐ》られる。途中で指が二本に増えたようで、穴を圧《お》し広げられる感覚が強くなった。

（いやぁ、こ、壊れちゃう）

肉体を蹂躙されてもなお、快さが倍加する。

「あ、あふっ、ううう、い、イヤぁ」

身悶え、よがり、志桜里は身も世もなく乱れた。膣壁をこすられることで快美の火花が散り、それが引火して身体が燃えあがりそうであった。

（あ、イッちゃう）

自慰でしか知らない絶頂が迫り来る予感がある。いや、このままでは間違いなく昇りつめてしまう。

（ダメよ、イッちゃダメ）

そんなみっともない姿を晒すなんて恥ずかしすぎる。志桜里は懸命に気を逸らそうとしたものの、もはや肉体はコントロールが効かなくなっていた。

「せ、専務……お願いです。もう、やめてください」

涙声で頼んでも、指責めは止まらない。それどころか、嘲《あざけ》るように速度を増す。

「あ、あ、あ、やめてぇ」

ぢゅぷ、クチュクチュ、ぢゅるッ――。

卑猥すぎる粘つきは、お前は淫らな女なのだという宣告であった。堕ちるところまで堕ちた絶望感に苛まれて死にたくなったとき、膣内の摩擦が高波を呼び込んだ。

「いやぁ、あ、ダメ」

抗っても無駄なこと。身体がふわっと浮きあがる。

「イクイクイク、いやぁあああっ！」

高らかな絶叫とともに、志桜里は享楽の高みへと舞いあがった。下半身をまる出しにしたみっともない格好で、裸の腰をビクビクとわななかせる。

「ふはっ、はっ、はあ……」

脱力してソファーに沈み込み、志桜里は荒ぶる呼吸を持て余した。悲しみにも打ちひしがれ、堪えようもなく嗚咽《おえつ》する。

そのため、いつの間にか指が抜かれていたことも、顔のすぐ横に室田がいたことにも気がつかなかったのだ。

3

「おい、しゃぶれ」

声をかけられ、瞼を開く。無理やり横を向かされると、肉色の禍々《まがまが》しいものがそびえ立っていた。

根元に縮れ毛をたくわえたそれが男の生殖器であると、志桜里はすぐにわからなかった。恋人だった男のそこも、まじまじと観察したことはないのだ。黒ずんで、見るからにゴツゴツして筋張った剛棒は、木の枝か何かのようにも映った。

けれど、蒸れた男くささが漂い、欲望の証を見せつけられていると理解する。室田がズボンもブリーフも脱ぎ捨て、すぐ脇で膝立ちになっていたのだ。

「イヤッ」

焦って顔を背けたものの、直ちに戻される。鼻先に、赤黒い粘膜を艶光らせた穂先が突きつけられた。

内臓を想起させる見た目もさることながら、濃厚になった燻製《くんせい》臭にも嫌悪感がこみ上げる。えずきそうになった志桜里が唇を開いたのを見逃さず、室田が猛々しい勃起を口にねじ込んできた。

「むほっ」

噎《む》せてしまい、反射的に歯を立てかけたのを、どうにか思いとどまる。そんなことをしたら、さらに酷《ひど》い目に遭わされるのは確実だった。

「ほら、ちゃんと舌を動かせ」

塩気をこびりつかせた熱い肉棒が、喉を突くように動かされる。志桜里は懸命に舌でガードしたが、それはむしろ男を歓ばせることになった。

「おお、いいぞ。しっかりしゃぶるんだ」

褒められたところで、嬉しいわけがない。

（もう、死んじゃいたい……）

口を穢され、汗と尿の残滓《ざんし》を強制的に味わわされる。人間ではなく、欲望処理のオモチャとして扱われているのだ。

飲み込みたくない唾液が口許から垂れ、頰や顎をべっとりと濡らす。ソファーにまで滴ったそれが不快な匂いをたち昇らせ、自身が汚物になった気がした。

絶望の中で、ただ残酷な時間をやり過ごす。ようやくペニスが引き抜かれて、志桜里は安堵のため息をついた。

全身が気怠くて、少しも力が入らない。膝を曲げさせられ、おしめを替えるときみたいに身体をたたまれても、されるがままであった。

裸の下半身の向こうに、肉根を反り返らせた室田が見える。何をするつもりなのかなんて、確認するまでもなかった。

(どうでもいいわ——)

捨て鉢になり、心を無にする。終われば解放されるのだろうと、それが唯一の拠《よ》り所であった。

「言っとくが、お前が俺を誘ったんだからな」

そんなことはないと反論する気力も奪われている。自分がスカートの奥を晒したのは事実であり、何か言ったところで無駄なのだ。

ただ、どうしてあんなことをしたのか、さっぱりわからないけれど。

「では、お望みのものを挿れてやる」

望んでなんていない。胸の内でつぶやいたのと同時に、指よりも太いものが膣口を圧し広げた。

「あああっ！」

志桜里はのけ反って大きな声をほとばしらせた。牡の棍棒《こんぼう》が性器を貫くなり、目のくらむ快美が体内に波紋《はもん》を広げたのである。

「おお。思ったとおり、具合のいいマンコだ」

休みを与えられずに、力強いピストンが繰り出される。腰をパンパンと勢いよくぶつけられ、志桜里の身体がずり上がった。ソファーの肘掛けに頭がぶつかり、それ以上動けなくなるまで。

「イヤッ、イヤッ、ダメぇえええっ！」

悦楽の波が、絶望で力尽きていた女体を蘇らせる。裸の腰を躍らせて、志桜里はあられもなくよがった。

「ほら、これが欲しかったんだろう」

室田に言われ、思わず首肯《しゅこう》しかける。指の比ではない快感に、頭がおかしくなりそうだ。

「あひッ、いいい、だ——らめぇ」

気持ちよすぎて舌がもつれる。こんなふうに、突然快感に目覚めることなんてあり得るのだろうか。

そんな疑問が浮かんだのも刹那《せつな》のこと。ふくれあがった悦びに、また頭の中に白い霞がかかった。

「イヤイヤ、あああっ」

二度目のオルガスムスが襲来し、志桜里は髪を乱して抗った。しかし、押し戻すことは敵《かな》わず、頂上へと放り上げられる。

「イクッ、イクッ、い――くぅううっ！」

バネの壊れた人形みたいに、全身がぎくしゃくと暴れる。そこに休みなく熱杭を打ち込まれ、呼吸がままならなくなった。

「だ、ダメ、死んじゃう。ホントに死んじゃうぅ」

喉が破れそうにゼイゼイと鳴るのもかまわず、室田は五十路《いそじ》過ぎとは思えない強靭《きようじん》さで抽送《ちゆうそう》を続けた。

ぢゅぷ、ぢゅぷッ、ぐちゅ――。

とめどなく溢れる愛液が泡立ち、卑猥な粘つきをたてる。一旦《いつたん》下降しかけた性感曲線が、再び上昇に転じた。

「ダメダメ、ま、またイクのぉ」

「よし、イケ。俺もイクぞ」

硬い肉棒をグッグッと力強くねじ込まれ、志桜里は何も考えられなくなった。と言うより、すべてがどうでもよくなるほど、感じまくっていたのである。

「イクイクイク、し、死んじゃうぅううっ！」

「おおお、で、出る」

「あ、あふっ、ふあああああっ」

快楽の極みに至り、鯉みたいに口をパクパクさせる。身体の奥で何かがはじけ、温かな潮が満ちるのを感じながら。

それが精液であると理解するなり、志桜里は我に返った。

（え、妊娠しちゃう――）

だが、間もなく生理が訪れることを思い出し、とりあえず胸を撫で下ろした。

かつての恋人とセックスしたときには、常にコンドームを着けてもらった。中に射精されたのは初めてで、しかも相手は好きでもない、父親ほども年の離れた男。

「ふうー」

満足げに息をついた室田が、身を重ねてくる。唇を奪われそうな気がして、志桜里は反射的に顔を背けた。

それでも、魚の腐ったような口臭は防ぎきれず、汚されたという思いが強まる。

（……わたし、どうなっちゃうの？）

これで終わりではないことを、志桜里は本能的に悟っていた。

「――じゃあ、どうして専務の前で妙な行動を取ったのか、わからないのね？」

告白を聞き終えた夏帆が確認すると、志桜里は小さくうなずいた。

「あのときは、自分が自分でなくなったみたいで……下着も脱がされたんじゃなくて、わたしが脱いだのかもしれません」

「専務とは、その後も？」

「はい……最初のとき、知らないうちにスマホで撮影されてて、言うことを聞かないとネットにばら撒《ま》くって脅されたんです」

クラウド保存されているから、スマホを奪っても無駄だと言われたことも打ち明けられ、夏帆は怒りに震えた。

（なんて卑劣なヤツなの！）

親子ほども年の離れた女子社員を慰み者にし、脅した挙げ句に利用しているなんて。

鬼畜以外の何者でもない。

志桜里が涙を浮かべ、肩を細かく震わせる。身も心も穢されて、打ちひしがれているのがわかった。

この子を救ってあげなくちゃいけない。その一心で、夏帆は彼女に寄り添った。

「浜浦さんには、何の落ち度もないのよ。コントロールが効かなくなったのは、間違いなく薬を飲まされたせいなんだわ」

「え、薬？」

「レイプドラッグの一種だと思うけど、いきなり快感に目覚めたってことは、媚薬の成分も含まれてたみたいね。そのせいで身体が思うようにならなくて、あなたからいやらしい振る舞いをしちゃったのよ」

「でも、わたし、薬なんて」

「おかしくなったのは、コーヒーを飲んだあとでしょ？」

この指摘に、志桜里の顔色が変わった。

「じゃあ、あの秘書の女性が？」

「ううん。山口さん——室田専務の秘書なんだけど、あの人は真面目で堅物だから、仮に頼まれたって、コーヒーに何か入れるなんて怪しいことはしないわ。だけど、砂糖とミルクは専務が入れたんでしょ」

「ええ……だけど、どちらも未開封のものを目の前で開けましたけど」

「事前に仕込んでおいたのよ。注射器か何かで。浜浦さんにさせなかったのは、針穴に気づかれたくなかったからでしょうね」

夏帆の推理に、志桜里が納得顔でうなずく。表情に安堵が浮かんだのは、自らの意志で専務を誘惑したのではないとわかったからだろう。

「専務には、何度も関係を強要されたんでしょ？」

「……はい」

「そのときにも、普段と違うことはなかった？」

「ありました。最初のときほどじゃありませんけど、どうしようもなく感じて……」

「事前に何か飲んだり食べたりしたんじゃない？」

「そうですね。じゃあ、そこにも薬が？」

「間違いないわ」

力強く断定すると、若いＯＬが悔しそうに唇を嚙み締める。どうして気づかなかったのかと、自身を責めているようでもあった。

「それで、使い込みまで命令されたのね」

「映像をみんなに見られたくなかったら、言うとおりにしろって……すみません」

「謝らなくてもいいの。悪いのはすべて室田専務なんだから。浜浦さんが気に病《や》む必要はないのよ」

「はい……」

「浜浦さんは、わたしが必ず助けるわ。だから、専務に何をするように命じられたのか、すべて話してちょうだい」

「わかりました」

悪事の泥沼から抜けられる光明が見えて、安心したのではないか。志桜里の面差しが緩み、涙が一雫《ひとしずく》こぼれた。

4

巧磨は緊張していた。あと三十分で終業時刻というときになって、夏帆からのメールで呼び出されたのである。

それ自体は、べつに珍しいことではない。だが、いつもは資料室のある階の小会議室なのに、今日は社長室だったのだ。

(てことは、社長に引き合わせられるのかな?)

夏帆に協力していることは、彼女を通して女社長にも伝わっていると聞いている。巧磨自身は、シークレット・セクレタリーの一員として、未だ五嶋成美と対面したことがなかった。あくまでも補助的なメンバーであり、そこまでは許されていないのかと思っていたのである。

けれど、こうして社長室に呼ばれたのだから、いよいよ正式なメンバーとして認められたのではないか。もしかしたら特別な手当がもらえるかもしれないと、期待もふくらむ。

社長や取締役といった役員のオフィスは、ビルの最上階にあった。エレベータを降りれば、そこだけが一流ホテルみたいに、廊下がカーペット敷きになっている。ここまで上がってきたのは初めてだ。

おかげで、ますます気が張り詰める。

他の階のような蛍光灯ではなく、落ち着いたオレンジ色の明かりが照らす廊下を奥まで進む。突き当たりが社長室であった。

（いよいよだぞ）

重厚な木製のドアをノックする。緊張のあまり臆《おく》してしまい、最初はうまく音が鳴らなかった。

(落ち着けよ)

深呼吸して、もう一度ノックを試みる。今度はコンコンと綺麗な音が響いた。

カチャ――。

小さな音がして、ドアが内側に開く。

(え?)

巧磨は戸惑った。会社の経営者に相応しい、広々とした居室を想像していたのに、そこはさして広くない小部屋だったのである。

だが、ひとつだけあったデスクに夏帆がいたことで、秘書が来客に応対するところなのだと理解する。

「入りなさい」

彼女に言われて、巧磨は「失礼します」と足を進めた。すると、何もせずともドアが閉まる。夏帆がデスクに置かれた小さなコンソールを操作したから、それで開閉する仕組みのようだ。

廊下から入って左奥に、もうひとつドアがあった。そちらが本丸らしい。

「こっちよ」

席を立った夏帆が先導し、奥のドアへと進む。彼女に続いて入室すれば、やはりそこが社長室だった。

（うわ、すごい）

広々とした空間は、床が臙脂《えんじ》色のカーペットだ。壁と天井は木調で、広い窓をバックに重厚なデスクがある。その前には、いかにも高級そうな応接セット。

ものがゴチャゴチャと置かれているわけではない。他には大きなキャビネットと、花器や大画面のテレビがあるぐらいだ。ゆとりのあるインテリアが、かえって贅沢に感じられる。

入社二年目のヒラ社員には、そこにいるだけで場違いだと思い知らされるよう。すっかり圧倒されたものの、巧磨は（あれ？）と気がついた。部屋の主《あるじ》の姿が、どこにもなかったのである。

「あの、社長は？」

夏帆に訊ねると、

「いないわよ」

と、素っ気なく返される。視察か会食でもあって、外に出ているのだろうか。

（てことは、部屋が空いてるから、ここに呼ばれただけなのか……）

納得し、胸の重しがすっと軽くなる。急だったから、社長に対面する心構えができていなかったのだ。

「今までと同じ小会議室でよかったのに」

ビクビクさせられた反動から、つい当てこするみたいに言ってしまう。すると、夏帆の眉間に浅いシワが寄った。

「あそこは椅子がないし、時間がかかると疲れるじゃない」

反論され、なるほどと納得する。

「それに、あの部屋も誰かに話を聞かれる心配はないけれど、ここならもっと安全でしょ」

「確かにそうですね。あ、でも、社長の許可は得ているんですか？」

「もちろんよ。今日はもう戻らないから、好きに使ってもいいって」

だったら問題はなさそうだ。

「さ、こっちに来て」

「はい」

二人は応接セットの三人掛けソファーに、並んで坐った。

（うわっ）

巧磨が心の中で声をあげたのは、尻が座面に深く沈み、夏帆のほうに身体が傾きかけたからだ。

（すごく柔らかいぞ。さすが社長室のソファーだ）

夏帆のほうに傾いたのは、彼女がより深く沈んでいたためだ。つまり、ヒップがそれだけ大きいことになる。

もっとも、余計なことを言ったら叱られるから、巧磨は黙っておいた。

「それで、このあいだの話なんだけど」

例の使い込みの件で、志桜里から聞いた話を、夏帆が教えてくれる。

室田専務が関わっていたと知って、巧磨は驚いた。しかも、薬物を使って肉体を支配するという、卑劣な方法で若い女子社員を操《あやつ》ったというのだ。

「なるほど、専務が仕組んだから、書類がすべて整っていたんですね」

そういうことかと納得すると、夏帆もうなずいた。

「とりあえず、浜浦さんを助けてあげなくちゃいけないんだけど、クラウド保存された映像を消すことってできそう？」

「ええと、室田専務のスマホって、どこの機種かわかりますか？」

「ああ、うん。役員会のときに、ヒマそうにしていじってたのを見たことがあるわ。確か――」

夏帆が口にしたのは、巧磨も愛用しているメーカーのものだった。

「それなら、スマホ本体の映像を消したほうが手っ取り早いですね」

「え、どうして？」

「おそらく専務が言ってるのは、クラウドに自動保存されているってことだと思うんです。さらにパソコンや、別のストレージにバックアップを取っているのなら、クラウドになんて言い方はしないでしょうから」

「なるほど」

「なんか、自動保存されるんだぞって得意になってる感じを受けますから、あの機種は設定をちゃんとしておかないと、本体を削除したらクラウドのほうも自動的に削除されることまで知らないいんじゃないですかね。そもそも、室田専務はパソコンのスキルがほとんどないですから」

「え、どうしてわかるの？」

「いや……上の人たちのパソコンは、だいたい覗いているので」

こっそりハッキングをしていることを匂わせると、夏帆がわずかに眉をひそめる。

もっとも、そのぐらいは想定していたはずだ。

「むしろ、クラウドのものを削除しても、スマホに残っていたらまた自動的に保存されてしまうので、やっぱりオリジナルを消すべきですね。その上でクラウドにも残っていたら、それは僕がなんとかします」

その程度はお茶の子さいさいだった。

「じゃあ、お願いするわ。スマホはわたしがどうにかするから。あと、巧磨クンは使い込みのほうで、室田専務の関わりを示す証拠を見つけ出してちょうだい」

「そうしたいのはやまやまなんですけど、かなり難しいですね」

「え、どうして？」

夏帆に首をかしげられ、巧磨は軽く咳払いをした。さっきから彼女の間近でいい匂いを嗅いで、ムラムラしかけていたのを誤魔化すために。

「あれから、使い込みの証拠をすべて洗って、新たなものもいくつか発見したんです。だけど、かなり巧妙なんですよ。別の人間が関わった証拠がどこにもなくて、発覚しても浜浦さんの単独犯行にしか見えないようになっているんです」

「そうなの？」

「パソコンのスキルはなくても、室田専務は悪知恵が働くみたいですね。今回が初めてとは思えませんから、過去にもちょくちょくやってたんじゃないでしょうか。かなり周到に計画されてますよ」

「じゃあ、専務に脅迫されたって、浜浦さんが証言するしかないの？」

「それにしたって客観的な証拠がないと、知らぬ存ぜぬで専務に突っぱねられたらおしまいですよ」

「うーん……あ、だったら、スマホの映像を見せれば――」

言いかけて、夏帆が口をつぐむ。それは志桜里をますます傷つけることになるとわかったのだろう。

「浜浦さんが了承すればいいんですけど。ただ、映像内に脅しや、使い込みを命じる台詞《せりふ》が入っていない限り、明らかにされるのは二人が関係を持ったことだけです」

「そっか……」

「薬で操られていたとなると、それほど嫌がってないんじゃないかって気もしますし、映像だけではレイプの立証は困難ですね。まあ、専務がそういう薬物を所持していることがわかれば、多少は反論もできるでしょうが」

だが、決定的な証拠にはならないと、夏帆も察したらしい。表情が険しくなる。

「てことは、あとはお金の流れを追って、室田専務の企みを暴くしかないわけね」

「そうなりますね。簡単じゃありませんけど」

思ったままを口にするなり、彼女にギッと睨まれたものだから、巧磨は身をしゃちほこ張らせた。

「そんなことでどうするのよ!?　苦しんでいる浜浦さんのためにも、しっかり頑張りなさい！」

もちろんそうするつもりでいたのだが、いつになく強い口調で叱られたものだから、つい反射的に、

「わ、わかってますよ。頑張ります。無料奉仕だけど」

などと、厭味みたいに言ってしまう。今日は社長にねぎらわれ、もしかしたら特別な手当がもらえるかもと期待したものだから、本音が洩れたのだ。

おかげで、夏帆の目が吊り上がる。

「なによそれ？　わたしだってお手当なんて――」

言いかけて、気まずげに口をつぐんだということは、社長からいくらかでももらっているのではないか。

「だいたい、巧磨クンにはお手当代わりに、わたしがイイコトをしてあげたじゃない」

「え、それじゃ、今日もしてくれるんですか？」

そのためにゆっくりできる社長室に呼んだのかと、調子づいたことを考えてしまう。

「図々しいわね」

憧れのお姉様が顔をしかめ、ため息をつく。けれど、その視線がこちらの下半身にチラッと向けられたことで、巧磨は希望が叶えられるのだと確信した。

しかしながら、前回と同じ展開にはならなかった。

「そんなにしてほしいの？」

「そりゃ……僕だって男ですから」

「ちゃんと頑張るって約束できる？」

「も、もちろん」

「なら、自分で脱ぎなさい」

夏帆が腕組みをし、背もたれにふんぞり返る。見下す眼差しをこちらに向けて。

「え、自分でって？」

「またシコシコしてほしいんでしょ？　だったらオチンチンを出しなさい」

挑発的に言われて、巧磨はさすがにためらった。このあいだのように脱がしてもらえるのならまだしも、自ら股間を晒すのはかなり恥ずかしい。

そうとわかっているからこそ、彼女はこちらに委《ゆだ》ねたのだ。

「脱がないの？　だったら、今日はこれでお開きね」

夏帆が腰を浮かせかけたものだから、巧磨は焦った。

「あ、待って——ぬ、脱ぎますから」

せっかくのチャンスを逃すなんて勿体ない。欲望の勢いに任せてベルトを弛め、ズボンとブリーフをまとめて脱ぎおろす。焦ったことがむしろ幸いし、恥ずかしさを感じる余裕がなかった。

ところが、下半身があらわになるなり、蒸れた燻製臭がプンと漂ったものだから、頬が熱くなる。

「まったく、がっついちゃって」

顔をしかめた夏帆が、小鼻をふくらませる。一日働いたあとの、露骨な男くささを嗅がれたのだ。

（うう、恥ずかしい）

居たたまれなくて、尻をくねらせる。ただ、彼女は悩ましげに眉根を寄せたが、不快感をあらわにしなかった。

「もうふくらんでるじゃない」

小言を口にしつつ、躊躇《ちゅうちょ》なくペニスに手をのばす。四割ほど膨張した筒芯は、触れられた感じからベタついているのがわかった。

それにもかまわず、夏帆が五本の指で握り込む。

「あうう」

巧磨はのけ反り、裸の腰をビクビクと震わせた。海綿体に血液が殺到し、ジュニアがたちまち膨張する。

「また脱ぐ前から大きくなってたわね。おっぱいを見たわけでもないのに。わたしの隣にいただけで、いやらしい気持ちになってたってこと?」

横目で睨まれ、巧磨は息をはずませてかぶりを振った。

「だって……江藤さん、とってもいい匂いがするから」

「なによ匂いって。ヘンタイ」

なじりながらも、夏帆は握り手を動かしてくれる。快感がふくれあがり、「あ、あっ」と歓喜の声がこぼれた。

若い牡器官が、ぐんと伸びあがる。たおやかな手をはじかんばかりの勢いで脈打ち、完全勃起した。

「もう硬くなっちゃった」

あきれた面差しを浮かべながらも、彼女の瞳が濡れている。そこに情欲の色を見つけ、巧磨は胸を高鳴らせた。

（江藤さんだって、その気になってるんじゃないか）

それこそ淫らなことをするために、ソファーのあるこの場所を指定したのではないか。だとすれば、この前のように素股をしてもらえる可能性が大だ。

いや、もっといやらしい展開もあり得る。

（いよいよ江藤さんとセックスできるのかも）

そんなことを考えたものだから、彼女にじっと見つめられて動悸《どうき》が乱れる。

「ねえ、手だけじゃもの足りないんじゃない？」

誘惑の台詞に、巧磨は頭がクラクラするのを覚えた。

「え、江藤さん、僕──」

熱っぽく呼びかけ、見つめ返す。もっといやらしいことをしてほしいという気持ちが、それで伝わったはずだ。

「いやらしい子ね」

わずかに目を細めた夏帆が、次の瞬間視界から消えたものだから、巧磨は（え？）となった。続いて、

「うあああ」

堪えようもなく声を張りあげたのは、はち切れそうな亀頭が温かく濡れたものに包

まれたからだ。

(まさか――)

軽いパニックに陥り、視線を下に向ける。握られているペニスが見えない。その部分は、顔を伏せた夏帆の後頭部で遮られていた。

だが、見えなくても、何をされているのかなんて明白だ。

(江藤さんが僕のを――)

驚きがこみ上げたのと、穂先をチュッと吸われたのは、ほぼ同時だった。

「かはッ」

喘ぎの固まりを吐き出し、四肢をわななかせる。強烈な快美が生じ、目の奥に火花が散ったのだ。

こうされることを、望んでいなかったわけではない。むしろ、手の次はお口のサービスをと、密かに願っていたのである。

だからと言って、今は手放しで喜べない。

「江藤さん、だ、ダメです」

腰をよじって逃れようとしたのは、不浄の器官をしゃぶられることに抵抗があったからだ。さっきパンツを脱いだだけで、蒸れた男くささがたち昇ったのである。

ところが、夏帆は少しも厭《いと》う様子を見せず、舌をピチャピチャと躍らせる。敏感な粘膜を刺激され、経験の少ない若者が太刀打《たちう》ちできるはずがなかった。

「うあ、あ、むふふぅ」

総身を震わせて喘ぎ、膝をカクカクと揺らす。無意識に膝を大きく離すと、牡の急所が手で包み込まれた。

（ああ、そんなことまで……）

玉袋を優しく揉まれ、快感がうなぎ登りとなる。美女の口内で肉茎が暴れ、絡みつく舌に抗うように脈打った。

「むふっ」

彼女のこぼす鼻息が、根元の陰毛をそよがせる。口中深くまで屹立を招き入れられ、舌をねっとりと絡みつかされた。

「あ、あっ、江藤さん」

早くも限界が迫り、巧磨は焦って呼びかけた。けれど、口がはずされるどころか、強く吸引される。唇からはみ出した筒肉も、指の輪で摩擦された。

（気持ちよすぎる……）

鼠蹊《そけい》部が気怠さを帯びる。陰嚢がキュッと持ち上がったのを自覚するなり、いよいよそのときが訪れた。

「あああ、も、もう出ます」

悲痛な訴えに耳を貸す様子はなく、年上の美女が口淫奉仕を継続させる。このままでは彼女の口を穢してしまう。

(でも、江藤さんはそうさせるつもりなんだ)

だったらいいかと抵抗を諦めるなり、体内を絶頂の波が伝った。

「ううう、い、いく」

目のくらむ快美に身を任せ、熱情の滾りをどぷっと噴きあげる。さらに二陣、三陣が、無遠慮にほとばしった。

「あふ、ううう、ご、ごめんなさい」

射精の最中に罪悪感がこみ上げ、謝罪する。それでも、夏帆が舌を回し、指の輪も休みなく動かし続けてくれたおかげで、巧磨は深い悦びにまみれた。

(ああ、出しちゃった……)

最後の一雫が溢れたあとも、過敏になった亀頭がてろてろとねぶられる。強烈なくすぐったさに悶絶しそうになり、巧磨は音を上げた。

「も、もういいです」

声を震わせ、身をくねらせると、最後にチュッと一吸いして口がはずされた。

「はふぅ……」

背もたれに身体をあずけ、気怠い余韻にひたる。少し間を置いてから、夏帆が顔をあげた。

「ずいぶん出したわね」

上目づかいで睨まれ、首を縮める。だが、彼女がザーメンを吐き出さなかったことに気がついて、申し訳なくなった。

「す、すみません」

謝ると、夏帆が眉をひそめる。

「ずるいじゃない」

その言葉を、口内発射を咎めるものだと、巧磨は解釈した。

「だって、僕が出るって言ったのに、江藤さんがやめなかったから――」

弁明すると、彼女が手にした牡器官を強く握る。

「自分だけ気持ちよければいいなんて思ってないわよね？」

「え？」

「わたしにも、ちゃんとお返しをしなさい」

萎《な》えつつあるペニスから手をはずし、夏帆が立ちあがる。腰の後ろに手を回し、スカートのホックを外したらしかった。

タイトミニが床にすとんと落ちる。黒いパンティストッキングに包まれた下半身があらわになり、巧磨は目を見開いた。

（なんてセクシーなんだ！）

ナイロンの薄地に透けるのは、赤いパンティだ。情熱を意味する色は、いっそ発情のカラーと言えた。

「そこに寝なさい」

命じられ、巧磨は急いでソファーに横たわった。いよいよなのだという確信を胸にして。

夏帆がどこか焦ったふうに、パンストとパンティをまとめて脱ぎおろす。ナマ白い下腹部に逆立つ叢《くさむら》を目にして、海綿体に血流が舞い戻った。

（いやらしすぎる……）

上半身はスーツのままだから、裸の下半身がいっそう煽情的に映る。

この格好を目にするのは、これが二回目だ。前回は素股であったが、彼女は同じことを繰り返さない気がした。

ならば、今日こそ結ばれるに違いない。

この体勢だと、きっと騎乗位だろう。また腰に跨がられると決めつけていたものだから、夏帆が逆向きで胸を跨いだのに戸惑う。

（え、え？）

もっとも、うろたえたのはほんの刹那だった。巨大な桃を髣髴《ほうふつ》とさせる美尻を差し出され、たちまち劣情モードとなる。

（なんて素敵なお尻なんだ！）

わずかなくすみも、吹き出物も見当たらない綺麗な肌。どんな芸術作品にも負けない美麗な球体にも、心を揺さぶられる。

おまけに、想像した以上にボリュームがあり、迫力にも圧倒される。

魅惑の丸みと巧磨の顔は、三十センチと離れていなかった。中心の深い裂け目がぱっくりと割れ、谷底の淫靡な景色もつぶさに観察できる。

（これが江藤さんの――）

短めの縮れ毛が囲む秘肉の裂け目は、ほんのり赤みを帯びている。そこからはみ出した肉色の花びらは、ほころんだ狭間《はざま》に透明な蜜を溜めていた。

憧れていた女性の、決して公《おおやけ》にされない部分ゆえ、感動がひとしおだ。ちんまりしたアヌスにも昂奮させられ、満足を遂げたばかりの分身が猛々しく復活を遂げる。

「なによ、もう元気になったの？」

夏帆の声は、どことなく楽しげだった。恥ずかしいところを晒すのに、勇気も要ったと思うのだが、年下の男を昂奮させられて満足したのではないか。

「今度は、巧磨クンが気持ちよくしてくれる番よ」

この体勢でできることと言えば、シックスナインか。もちろんリングスである。いや、彼女も一緒に舐めてくれるのであれば、シックスナインか。もちろん巧磨に拒む理由はない。

目の前の秘芯から、なまめかしい香りがこぼれ落ちてくる。発酵しすぎたヨーグルトを思わせる、あからさまな女くささだ。

(江藤さんのって、こんな匂いなのか)

彼女も一日仕事をしたあとで、もちろんシャワーなど浴びていまい。これが正直な秘臭なのだ。

続けざまに憧れの女性の恥ずかしい秘密を知って、胸があやしくはずむ。互いの性器を間近にしたこの体勢と同じく、心の距離もずっと縮まった気がした。

あとは一刻も早く、蜜園を味わいたい。待ち焦がれる巧磨であったが、夏帆はなかなかヒップを下げてこなかった。自らこんなポーズをとったにもかかわらず。

（あれ、どうしたんだろう？）

急に恥ずかしくなったというのか。そのとき、

「ね、ねえ……くさくない？」

迷いを含んだ問いかけをされ、そういうことかと理解する。女性器の匂いや汚れが、今になって気になったらしい。

美女の生々しいフレグランスに、巧磨は昂奮こそすれ、不快な気持ちになどなっていなかった。早く口をつけたいと、むしろ焦れていたのである。

仮にくさくないと答えたところで、彼女は納得しまい。だったら行動で示せばいいと、たわわな丸みを両手で摑んで引き寄せる。

「キャッ、ダメっ」

悲鳴がほとばしる。夏帆は抵抗を試みたらしかったが、不安定な姿勢だったためにバランスを崩した。

むにゅん――。

柔らかなお肉が落っこちて、顔面に重みをかけてくる。鼻面が尻の割れ目にはまり込み、淫靡な女臭が脳にまで流れ込んだ。

（ああ、すごい）

臀部《でんぶ》のモチモチ感と、濃密になった淫香が昂りを誘う。鼻の頭がアヌスに当たっており、そこは熟成された汗の香りが強かった。

たとえ用を足したあとの露骨な臭気が残っていても、巧磨は幻滅などしなかった。むしろ、いっそう昂奮して、可憐なツボミを舐め回したかもしれない。

さすがにそんなことをしたら、夏帆に変態と罵られ、嫌われるのは確実だ。理性を失わずに済んだのは、むしろよかった。

「もぉ、バカぁ」

顔に乗ったヒップがくねくねと暴れる。巧磨はがっちりと抱え込み、濡れた裂け目に舌を挿し入れた。

「あふンッ」

夏帆が喘ぎ、裸の下半身をガクンとはずませる。陰唇が舌を強く挟み込んだ。

それをものともせずに、ほんのりしょっぱいラブジュースを味わう。抉るように粘膜をねぶれば、艶腰が切なげにわなないた。

「イヤぁ、あ、ダメぇ」

忌避《きひ》の悲鳴が耳に届く。自分から跨がったのに勝手だなと思いつつ、巧磨はクンニリングスに励んだ。

もっとも、彼女は心から嫌がっているわけではなさそうだ。

「ああ、あふ、そ、そこぉ」

舌先がクリトリスに触れると、歓喜の声がほとばしる。尻の谷がすぼまって、鼻筋をキュッキュッと挟み込んだ。

(感じてるんだ、江藤さん)

嬉しくなり、敏感な真珠を重点的に攻める。はじくようにすると、嬌声のトーンが一オクターブも上がった。

「あ、ああッ、あひっ、いいいッ」

もはやためらいは消え失せたか、悦びをあらわにする。お気に入りのところを刺激されるよう、自ら腰の位置を調節することまでした。

(けっこうエッチなんだよな)

男としては、こんな風に素直に振る舞ってもらえたほうが、むしろ嬉しい。

「そこそこ、あああ、もっとぉ」

前回、勃起したペニスに秘部をこすりつけたときも、夏帆はかなり感じていた。最終的に絶頂したのであるが、今日はそれ以上によがっている。

(舐められるのが好きなのかも)

積極的に秘園を差し出したぐらいだし、そう考えるのが自然だろう。加えて、互いの顔が見えないから、気を遣うことなく声を出せるのかもしれない。

ともあれ、あられもない反応に、巧磨も劣情を煽られた。

勢いづいた肉棒が反り返り、下腹を太鼓《たいこ》のごとく打ち鳴らす。カウパー腺液もかなりこぼれているようで、亀頭と腹の間に粘っこい糸が引く感じがあった。

(江藤さん、僕のも——)

またしゃぶってほしいと、切望が胸を衝《つ》きあげる。巧磨は気づいてもらうべく腰を浮かせ、無言のおねだりをした。

すると、願いが通じたか、尖塔に柔らかな指が巻きつく。

「むふふふぅ」

尻の谷に熱い鼻息を吹きかけ、身をくねらせる。脈打ち著しい分身を口に含まれるなり、背すじをゾクゾクするものが伝った。

「ン……ううう、むふっ」

呻く夏帆の舌が、敏感なくびれをねちっこく這い回る。巧磨が負けじと秘核を吸えば、今度は陰嚢をモミモミされた。

相互愛撫は、鬩《せめ》ぎ合いの様相を呈してきた。与えられる快感以上のお返しをするべく、相手を感じさせることに集中する。

そのため、容易に昇りつめることなく、どちらも限界を超えて高まったようだ。

「ぷはッ」

猛るペニスが吐き出される。がっちりと根を張ったそれに、夏帆が両手でしがみついた。

「ダメダメ、イッちゃう」

くねって逃げようとする餅尻に、巧磨は懸命に食らいついた。膨張して包皮を脱いだクリトリスをついばみ、強く吸いたてる。

「あ、あひっ、いいいい、い、イクイクイクぅ」

絶頂した女体がぎゅんと強ばり、細かく痙攣する。肉根を握る力が強烈で、しかも小刻みにしごかれたものだから、巧磨も限界に至った。

「むうう、むふッ」

濡れた陰部に口許を塞がれたまま、牡の樹液を勢いよく放つ。それがどこに向かって飛んだのか、気にする余裕などなかった。

（ああ、よすぎる……）

これまでで最高の射精だと、桃源郷《とうげんきょう》に漂いながら実感する。何しろ、愛しい女性のかぐわしさに包まれて、昇りつめたのだから。

夏帆と身を重ねたまま、巧磨は歓喜の余韻にひたった。心地よい気怠さにどっぷりとつかり、何をするのも億劫だった。

唇は女芯と触れあったままだ。名残惜しんでそっと舐めると、割れ目がなまめかしくすぼまる。顕著な反応をしないのは、彼女も盛大なアクメを迎えて、もう充分という心持ちになっているからではないのか。

巧磨のほうも、立て続けに二度もイカされて、腰が少々つらかった。握られたままの肉茎も、軟らかくなっているのがわかる。

どのぐらい経ったのだろう、夏帆がのろのろと身を起こす。腰を浮かせ、崩れ落ちるように床に降りた。

「ふう……」

深い息遣いが聞こえて、巧磨は彼女を見た。

「あっ」

思わず声をあげてしまったのは、白濁の液体が綺麗な顔に淫らな筋を描いていたからだ。ペニスが顔の間近にあったから、まともにザーメンをぶっかけられたらしい。

(僕、江藤さんの顔に——)

申し訳ないと思いつつ、妙にゾクゾクしたのはなぜだろう。

「まったく、二回目なのにいっぱい出して……元気よすぎるわ」

顔面発射された美人秘書が、恨みがましげに睨んでくる。巧磨は身体を起こし、

「すみません」と謝った。

「ま、いいけど。わたしも気持ちよかったし」

こぼれた微笑は妖艶《ようえん》で、彼女も満足してくれたようだ。

（てことは、今日はこれで終わりか）

巧磨はちょっぴり落胆した。夏帆と結ばれるものと期待していたのに、またも愛撫交歓だけだなんて。

しかしながら、肝腎《かんじん》のジュニアは力尽き、完全にうな垂れている。再び力を取り戻すには、それなりに時間がかかるであろう。

諦めるしかないかとため息をついたとき、夏帆が立ちあがる。その場でジャケットと、ブラウスも脱いだ。

（え？）

ブラジャーのみの姿になったお姉様に、巧磨は胸を高鳴らせた。もしかしたら、まだ続きがあるのだろうか。

けれど、彼女はさっき脱いだパンティを拾いあげると、回れ右をして歩き出す。

「あの、江藤さん、どこへ？」

声をかけると、精液に汚された美貌が振り返る。

「シャワーを浴びるのよ。こんな顔じゃ帰れないもの」

言われて、夏帆が向かう先に、ドアがあることに気がついた。どうやらそちらにバスルームがあるようだ。社長室だけに、ホテル並みに設備が整っているのか。

(じゃあ、やっぱりお開きってことか)

たわわなヒップがぷりぷりとはずむのを見送りながら、巧磨は密かにため息をこぼした。

第三章　人妻秘書の暴走

1

（またやり過ぎちゃった……）

夏帆は悔やんでいた。昨日もまた、年下の男を弄《もてあそ》んでしまったことを。

最初からいやらしいことをするつもりで、ソファーのある社長室を選んだわけではない。けれど、巧磨のほうはそうだと深読みしたフシが窺えた。

彼は隣に坐ったときからモジモジしていたし、悩ましげに小鼻をふくらませた。それとなく窺うと、股間もこんもりしていたのである。ご褒美を欲しがっているのは明白だった。

そのため、いつになく積極的に求められても、意外だと思わなかった。自分で脱ぐように仕向けたら、彼が欲望に抗えず従ったのも微笑ましかったのだ。

とは言え、快楽の奉仕をしてあげたのは、憐れみの気持ちからではない。

（やっぱり、わたしもしたくなってたんだわ）

発端は志桜里の告白だった。専務に凌辱されたことを打ち明けられ、卑劣な男を許せないと怒りにかられつつ、胸の内に燻《くすぶ》るものがあった。

何しろ、あんなおとなしそうな子が、たとえ薬物のせいでも淫らに振る舞い、年上の男と肉体を繋げたのだ。夏帆の女の部分が疼き、いけないと思いつつも秘部が濡れた。

そんな内心を悟られぬように、義憤をあらわにした部分もある。

もちろん、深く反省したのである。これでは室田と何ら変わるところがないと、自己嫌悪にも陥った。

にもかかわらず、そのあとで巧磨と快楽の行為に耽ったのは、内なる欲望を完全に払拭できていなかったためと言えよう。小会議室ではなく社長室に呼んだのだって、密会に相応しかったのは確かながら、蜜事を期待していなかったと言えば嘘になる。

彼にフェラチオをしたのは、情欲に溺れた顔を見られたくなかったためもある。それだけで終わらせるつもりが、男の生々しい匂いと味に昂奮させられ、我慢できなくなった。

結果、自身も舐められることを欲したのである。

逆向きで上になったのも、顔を見られたくなかったからだ。ただ、衝動的だったのは否めず、巧磨に跨がったところで、アソコを洗っていないことに気がついた。

（絶対にニオイがしたはずなんだわ）

昨日は秘書としての日常業務の他に、尾行や張り込みもしたのだ。志桜里の話で濡れたから、恥臭は普段以上にキツかったに違いない。

もっとも、夏帆自身が年下の男の匂いに昂《たかぶ》ったように、彼もいっそうその気になったのではないか。でなければ、自らヒップを引き寄せるはずがない。まして、あんなにペロペロと舐めるなんてことも。

そうだとしても、あれはかなり恥ずかしく、居たたまれなかった。

事前にシャワーを浴びておけばよかったと、夏帆はあとで悔やんだ。社長室にはバスルームがあるのだし、巧磨を呼ぶまで時間があったのだから。

けれど、そんなことをしたら、それこそ最初からヤルつもりだったことになる。

せめて秘所だけ洗うとか、ビデで清めておいてもよかったのではないか。などと、あれこれ考えたものの、終わったあとでは何の意味もない。

おかげで巧磨と顔を合わせづらくなったのは確かながら、彼だってこちらの顔に精液をぶっかけたのだ。とんでもないことをしたという表情で謝ってくれたし、あれでおあいこと思えばいい。

「どうしたの？　元気ないわね」

声をかけられ、夏帆はドキッとした。

「あ──」

顔をあげると、絵梨子が穏やかな笑みを浮かべている。

ここは秘書課のオフィスだ。夏帆は一人、彼女を待っていたのだが、考え事に没頭して、入ってきたのに気がつかなかったようだ。

「ひょっとして、悩みでもあるの？」

「いいえ、そんなんじゃないです。ただボーッとしていただけで」

余計なことを言って、巧磨との関係を悟られたらまずい。夏帆は笑顔で誤魔化した。

「それよりも、今は大丈夫なんですか？」

訊ねると、人妻秘書が「ええ」とうなずく。時間があったら話をしたいと、彼女にお願いしたのだ。

「会長は来客中だから」

「じゃあ、さっそくお願いします」

絵梨子が椅子を引っ張ってきて隣に坐ると、夏帆は使い込み案件について、判明しているところまでを話した。昨夜のうちにメールであらましを伝えたので、より詳しく説明する。

「そうすると、まずは室田専務のスマホを手に入れなくちゃね」

うなずいてから、絵梨子がわずかに眉をひそめる。簡単なことではないとわかっているのだ。

「とりあえず、接近しないと無理なので、山口さんの代役で室田専務の秘書をしようと思ってるんですけど」

「それって夏帆ちゃんが？」

「はい」

「んー、よしたほうがいいわね」

あっさりと反対され、夏帆は戸惑った。

「だけど、専務に近づかないと、スマホを手に入れるのは無理ですよ」

「それはそうなんだけど、夏帆ちゃんには難しい任務じゃなくって？」

「どうしてですか？」

「室田専務は若い子が好きだし、間違いなく夏帆ちゃんに興味を持って、あれこれちょっかいを出してくるはずよ」

「むしろそのほうが好都合です。きっと付け入る隙があるはずですから」

「だけど夏帆ちゃん、年上の男性を操るのは得意じゃないでしょ」

この指摘に、そうかもしれないと思う。得意も何も、経験がないのだ。

プライベートで付き合った男は同い年か、二つ上がせいぜい。仕事でも最初の半年だけが現会長で、あとはずっと成美に仕えてきた。

(確かに、室田専務に近づいても、いいようにあしらわれるだけかもしれない……)

相手の出方を見誤り、いたずらに接近しすぎたら、裏があると警戒される恐れもある。敵は悪事に慣れた狡猾《こうかつ》な人間であり、こちらの動きを悟られたらまずいのだ。

「それじゃあ、どうすればいいんですか?」

訊ねると、絵梨子がニッコリと笑った。

「いよいよわたしの出番ってところかしら」

「え?」

「ずっと会長に仕えてきたから、年上の男性には慣れてるもの。旦那だって十歳も上だし」

「……そうなんですか？」

「ええ。室田専務を手懐けるのも、難しくないと思うわ。あのぐらいの男性が何を求めているのかも、だいたいわかるから」

その発言で、夏帆は不意に思い出した。前に、彼女がスカートのファスナーを全開にしていたことを。

（それじゃあ、絵梨子さんはあのとき、やっぱり会長と？）

慣れているというのは、一般的な対人関係についてではなく、男女のそれを意味しているのではないか。会長を女としても満足させているぐらいだから、もしも室田専務に迫られるような状況になっても、問題なくかわせると。

しかしながら、あくまでも想像に過ぎない。人妻である彼女に向かって、会長とよからぬことをしているんじゃないのとは、さすがに訊けなかった。

何より、よからぬことをしているのは夏帆自身なのだ。妙な疑いをかけて、逆に巧磨とのことを怪しまれても困る。自分がしているから、他の人間もそうだと決めつけているんじゃないのというふうに。

「どうかした？」

黙り込んでしまった夏帆に、絵梨子が怪訝《けげん》な面持ちを見せる。

「ああ、いえ――確かに、絵梨子さんにお願いしたほうがよさそうですね」

「ええ、任せてちょうだい。ところで、今日の室田専務のスケジュールはどうなってるのかしら？」

「見てみますね」

夏帆はデスクのパソコンを操作し、本日の役員スケジュールの一覧を出した。役員の動静を秘書たちで共有するために、それぞれの担当秘書が決まったぶんを入力しているのである。

「室田専務は、このあとは予定が入っていないですね」

「てことは、専務室にいるのね」

絵梨子がほほ笑む。善は急げという心づもりのようだ。

そのとき、室田の秘書である山口昌子がオフィスに戻ってきた。

「あ、山口さん、ちょっとお願いがあるんですけど」

さっそく絵梨子が声をかける。

「え、なに？」

「会長がこのあと外回りに出られるんですけど、わたしの代わりに同行していただけませんでしょうか」

「それはかまわないけど、どうかしたの？」

「わたし、昨日から腰が痛くて。社内で仕事をするぶんには問題ないんですけど、外に出るのはちょっとつらいんです」

「あら、大変ね。そういうことなら代わるわよ」

「ありがとうございます。あ、室田専務は、わたしが対応しますので」

「ええ、お願いするわ」

生真面目な彼女が表情を和《やわ》らげたのは、室田の相手を代わってもらえるのならラッキーだという思いがあったからではないのか。大っぴらに悪口を言うことこそなかったものの、専務室から戻ったときには、だいたい気難しいというか、不愉快そうな顔をしていたから。

（ひょっとして、山口さんもセクハラじみたことをされているのかしら？）

しかし、彼女はそんな目に遭ったら、すぐさま社内の相談機関に訴えるタイプである。おそらく人間的に好かないのであろう。

「じゃあ、同行先の資料を出しますね」

絵梨子が椅子から立ちあがる。そのとき、わずかにつらそうな表情を見せた。

「大丈夫？」

先輩秘書が、気遣って声をかける。

「はい。立ったり坐ったりするときに、少し痛むだけなので」

もちろんそんなことはなく、すべて演技なのである。けれど、事情を知っている夏帆ですら、もしかしたら本当に痛むのかと思ったぐらい真に迫っていた。

(演技派なんだわ、絵梨子さん)

これなら室田を手玉に取るのもたやすいのではないか。夏帆は彼女の秘めた才能に脱帽した。

2

山口昌子が五嶋会長と出かけると、絵梨子はさっそく専務室を訪問した。

「本日は山口さんの代わりに、室田専務のお手伝いをさせていただきます」

適当な理由をこしらえて説明すると、デスクの室田は意外だという顔を見せた。

だが、それは取り繕った反応であって、目の奥の輝きは隠せない。疑う様子が皆無なばかりでなく、明らかに嬉しがっていた。

(いい感じだわ)

興味を持たれたとわかり、胸の内で微笑する。こんな状況でなければ不愉快に感じたであろうが、ターゲットを捉えられた今は満足感があった。

「ええと、河西君だったかな？」

もったいぶったふうな確認も、興味津々であることを包み隠しているのが見え見えだった。

「はい。河西絵梨子です」

フルネームで答え、ニッコリと笑う。これに、室田の頬が好色そうに緩んだ。

(この人も一緒だわ)

目の前の中年男に重なるのは、五嶋会長だ。社長時代から秘書を務めているが、より親密になったのは彼が会長になり、絵梨子が一人で担当するようになったあとのことである。

そして、最初に触れあったとき、五嶋会長は今の室田のように、頬を嬉しそうに緩めたのだ。

絵梨子は十代の頃から、年配の男たちに好かれてきた。身近なところでは伯父さんのお気に入りだったし、中学高校時代は、三十代以上の男性教師たちに可愛がられた。

そんな絵梨子を、友人は「おじさまキラー」と呼んでからかった。べつに肉体関係があったわけでもないのに。その頃は、まだバージンだったのだ。

初体験は大学時代で、相手は卒論担当の指導教官だった。二人っきりになったとき、積極的なアプローチをされたのである。

そろそろ体験したいと思っていたこともあり、絵梨子は求められるまま処女を与えた。二十も年上の彼には、妻子がいたにもかかわらず。

もっとも、そんな男と長く続けるつもりは最初からなく、大学を卒業すると同時に関係を断ち切った。

就職してからも、絵梨子に近づいてくるのは、いい年をした男たちばかりであった。秘書課の所属となり、会社の上層部と関わっていたためもあったが。

どうやらおっとりした性格や、親しみの持てる丸顔が、彼らに癒やしと安心感を与えるらしい。それを自覚するようになってからは、ただ可愛がられるだけではなく、男を手玉に取るようになった。

適度に甘え、甘えさせ、相手に期待を持たせる。いよいよという場面ではうまくかわして、ますます離れられなくなるようにした。そんな手練手管を用いて、絵梨子は何人もの男たちを味方につけ、社会の波を渡ってきた。

酸いも甘いも嚙み分けてきた男たちは、若者のようにがっつくことがない。セックスがなくても関係を続けられる。

実際、彼女が最後まで許したのは、初体験相手の教官と夫を除けば、二人しかいない。五嶋会長とも、愛撫を交わすだけの間柄だ。これは高齢ゆえ、挿入が難しいためもあった。

ともあれ、絵梨子は年上の男を操るのに慣れているから、室田の相手を買って出たのである。

「まったく、会長が羨ましいね。こんな可愛らしい女性が秘書なんだから」

可愛らしいなんて言われる年齢ではない。だが、彼がお世辞ではなく本心を口にしているとわかるから、悪い気はしなかった。

もちろん、下心があるのは承知の上だ。

「あら、お上手ですね」

少しは気があるふうな声音で返すと、室田はデスクに身を乗り出した。

「いや、本当にそう思っているよ。できれば今日だけじゃなく、ずっと河西君に秘書をしてもらいたいぐらいさ」

「そんなことを言ったら、山口さんが気を悪くされますよ」

「いやあ、河西君のほうが美人だし、秘書としての仕事ぶりも――」

室田が口をつぐんだのは、絵梨子が軽く睨んだからだ。仲間を貶《おとし》める発言が同性の反感を買ったと、彼も気づいたのだろう。軽く咳払いをして、

「まあ、山口君もよくやってくれているがね」

と、専任秘書を持ち上げる。せっかく絵梨子が来てくれたのに、嫌われては元も子もないと悟ったようだ。

「はい。山口さんは秘書課の尊敬できる先輩ですから」

笑顔で答えたのは、不用意な発言を気にしていないと伝えるためだ。

すると、室田が安堵の面持ちを見せる。素直な反応が可笑《おか》しかった。

とは言え、敵は用意周到に悪事を進める男である。油断してはならない。

「ところで河西君は、今夜は空いているのかね？」

室田の問いかけに、絵梨子は「どうしてですか？」と質問で返した。

「いや、よかったら、一杯どうかと思ってね。せっかくこうしてお近づきになれたんだから」

秘書の代役を務めることになっただけなのに、彼はこの機会を最大限に利用しようとしているらしい。

好色な目論見《もくろみ》がわかり、絵梨子は内心で苦笑した。けれど、それは願ったり叶った

りでもある。向こうから近づいてくれれば、こちらも対処しやすい。

(これなら簡単にスマホを奪えるかもしれないわ)

しかしながら、夜は付き合えない。それに、相手の懐に入りすぎたら、逃げるのが難しくなる。

「申し訳ありませんが、夫が待っていますので、定時に帰らなくてはならないんです。残念ですけど」

完全な拒絶ではなく、受け容れる余地があるように返答する。案の定、室田は是が非でもという心境になったようだ。

「じゃあ、今ならいいんだね」

立ちあがった室田が、サイドボードの前に進む。そこには何本かの洋酒と、グラスもあった。

(ここで飲むつもりなんだわ)

彼の規範では、勤務時間中に飲酒をしてもかまわないようである。あるいは、執務室を与えられた役員の特権だと考えているのか。

そして、室田がグラスに琥珀《こはく》色の液体を注いだだけでなく、こちらに見えないよう、何やら怪しい動きをしたのを見逃さなかった。

（薬を入れたんだわ）

おそらく、志桜里を陥れたのと同じものなのだ。

彼がデスクから何か持っていった様子はなかった。ポケットに入れていたか、あるいはサイドボードに隠してあったのだろう。それを手に入れれば、どんな薬なのかわかるはずである。

室田は二つのグラスを手にすると、デスクに戻らず、応接セットのほうに進んだ。

「さあ、こっちへ」

招かれて、絵梨子もそちらに向かう。何をするつもりなのか、もちろんわかっていたが、怪訝そうに首をかしげて。

彼は三人掛けのソファーに腰をおろすと、絵梨子を隣に坐らせた。

「さ、飲みなさい。このスコッチはシングルモルトで、なかなか手に入らないんだ。もちろん、味は保証するよ」

ローテーブルに置かれたのは、バカラのペアタンブラーである。底が宝石のようにカットされており、繊細な輝きを放っている。どちらもウイスキーがダブルで注がれていた。

ほんのり漂うのは、木の香を思わせる芳醇な香りだ。それほど詳しくない絵梨子にも、高級な酒だとわかる。

「よろしいんですか？」

戸惑いを隠さずに訊ねると、室田が「ん？」と首をかしげた。だが、そんな問いかけは予想していたに違いない。

「何がだい？」

「まだ勤務時間中ですけど」

「公務員じゃあるまいし、堅いことは言いっこなしだよ」

まったく悪びれないのは、自身が選ばれた存在だと思っている証《あかし》だ。これがたとえば、他の社員が仕事中に飲酒などしようものなら、けしからんと非難するに決まっている。

「だけど、専務もお仕事が」

「いや、今日はもう予定がない。山口君から、そう引き継いでいるんだろ？」

「それはそうですけど」

「だいたい、私がいいと言ってるんだ。誰にも文句は言わせないさ」

絵梨子とて、彼を罠にかけるには、了承するのが最善だとわかっている。躊躇したのは、油断させるためであった。

「では、遠慮なくいただきますけど、ストレートはちょっと」

「本当にいい酒は、水や氷で薄めて飲むものじゃないよ」

そのぐらいは知っている。何かが仕込まれた酒を、このまま飲むわけにはいかないのだ。

おそらくストレートを勧めるのも、混入物を悟られないためだろう。見た目でわからないのは、錠剤や粉末ではなく、液状の薬物だと思われる。

「わかりました……でしたら、チェイサーをいただいてもよろしいですか？」

「まあ、そのぐらいなら」

仕方がないという顔を見せ、室田がサイドボードのほうに戻る。その隙に、絵梨子は二つのグラスを素速くすり替えた。

「これでいいかい？」

持ってきたのは、飲みきりサイズのボトルウォーターだった。

「ありがとうございます」

「それじゃ、乾杯しようか」

「はい」

浮き浮きした様子の彼は、グラスをすり替えられたことに気がついていない。手にずっしりくるグラスを軽く触れあわせてから、二人は同時に口をつけた。

バニラの風味が鼻孔に心地よい。フルーティでもあるそこには、オークの香りが落ち着きを加味していた。

舌に触れると、年月を感じさせるしっとりした甘みが広がる。

(あ、美味しい)

ストレートのウイスキーなど、普段は飲まない。だが、口当たりがよく、強い酒という印象はあまりなかった。もちろん、普通に四十度ぐらいあるのだろうが。

「美味しいです」

感想を素直に伝えると、室田が頬をにんまりと緩めた。

「なかなかいける口のようだね」

「そんなことありませんわ。でも、ストレートはやっぱり強いですね」

グラスをテーブルに戻し、絵梨子は水のボトルを手にした。喉をコクコクと鳴らして飲み、ふうと息をつく。

そんな様子も、彼は満足げに見守っていた。目に残忍な光を宿らせて。とにかくどんどん飲んで、影響が出ればいいと期待しているのだ。

絵梨子が再びグラスを手にしたのは、同調して室田も飲むように仕向けるためだった。早く効果が出るようにと。

「だけど、いつも定時に帰るとは、旦那さん想いなんだね」

いいことだと褒めているようでありながら、声音に妬《ねた》ましさが表れている。

「まあ、結婚してからの習い性みたいなところもあるんですけど」

夫婦関係の睦まじさゆえではないと匂わせると、彼は上機嫌になった。そうだろうというふうにうなずき、勢いでもつけるみたいにウイスキーを飲む。

「結婚して、何年になるのかな？」

「四年です」

「じゃあ、新婚ってほどでもないか。だけど、河西君は魅力的だし、旦那さんも毎晩可愛がってくれるんだろうね」

明らかなセクハラ発言も、本人は自覚がなさそうだ。目許が赤らんでいるのは、早くも酔ったのか。それとも、薬の効果が現れてきたのか。

室田を調子づかせるために、絵梨子は品のない発言にわざと乗っかった。

「そんなことありません。夫は十歳も年上ですから」

年のせいでままならぬことを告げると、案の定、食いついてくる。

「旦那さんはいくつ？」

「四十三です」

「それはだらしないなあ。私は五十一だが、まだまだ元気だよ」

室田が胸を張り、グラスのウイスキーをぐいっと飲み干す。「わっはっは」と豪快に笑った。

「さすが専務、頼もしいですね」

おだてると、さらに調子づく。

「何なら、どれぐらい元気か、さわって確認してみるかね？」

などと言い放ち、股を開く始末。かなり酔いが回っているようだ。

(そろそろ効いてくるかしら)

絵梨子は胸の内でうなずき、こちらにのばされた男の手を、さらりとかわして立ちあがった。

「専務、もう一杯飲まれますよね」

「あ、ああ、うん」

「お注ぎいたします」

空になったグラスを奪うように受け取り、サイドボードへと向かう。タイトスカートに包まれたヒップを、これ見よがしに左右に振って。それを見た室田が昂り、頭に血が昇るのを見越してであった。

スコッチウイスキーを指二本分注ぎ、ソファーに戻る。

「あらあら」

思わず声を洩らしたのは、室田が背もたれに身体を預け、高いびきだったからだ。

絵梨子はグラスをすり替えただけではなかった。抗ヒスタミン剤の含まれた風邪薬、液状カプセルの中身を小さなスポイトに集めておき、それを酒に入れたのである。アルコールと一緒に摂取することで、強烈な眠気を催すのだ。

（よく眠ってるわ）

彼が入れたドラッグの効果もあるのだろうか。今のうちにと、絵梨子はサイドボードに取って返した。

室田が使った薬物はすぐに見つかった。錠剤ではなく、プラスチック製でシート状の容器に入った液体だ。親指ほどの大きさで、ガラス製のアンプルみたいにくびれたところをパキッと折ると、中身が出る仕組みだとわかった。

（なるほど、液体なら飲ませやすいわね）

注射器に移せば、ポーションクリームに混ぜるのも可能だ。少量でも効き目が出るようだから、かなり成分が凝縮されているらしい。

容器には製造元のマークらしき刻印がある。調べれば入手先も特定できるのではないか。

それはサイドボードの引き出しに、かなりの量が入っていた。一つぐらい減ってもわかるまいと、絵梨子はサンプルを入手してポケットに入れた。

（あとはスマホね）

室田の内ポケットに入っていたスマホは、幸いにも指紋認証でロックが解除されるものだった。顔認証だと、目をつぶっていると不可能なものがあるのだ。おかげで、難なく中身を確認できた。

志桜里の動画も、メディアフォルダの中にすぐ見つかった。クラウド保存されていると安心しきっているのだろう。ストレージを確認したところ他にコピーはなく、脅しに使われそうな写真もなかった。

（あまり使いこなせていない感じね）

どう見ても不要なアイコンが多数あったし、このスマホを手にしてからそのまま使っているのが丸わかりだ。使い込みの悪巧みはできても、ＩＴ関係はからっきしのようである。

絵梨子は動画を削除し、その他のデータをざっと確認してから、室田の内ポケットに戻した。これで任務は完了。

彼はよく眠っている。おそらく終業時刻までぐっすりだろう。

二つのグラスを給湯室で洗って戻し、ウイスキーも片付ける。眠ってしまわれたので失礼しますと、ローテーブルに置き手紙を残し、絵梨子は専務室を出ようとした。

3

「え？」

あるものを発見して目を瞠《みは》る。いつの間にか室田の股間が盛りあがり、あからさまなテントを張っていたのだ。

(勃起してるんだわ……)

睡眠時に男性器が膨張することぐらい、絵梨子とて知っている。何しろ人妻なのだから。

けれど、その隆起は単なる生理現象とは思えなかった。布越しでも、中のものがビクビクと雄々しく脈打っているのが見て取れたのである。

(これって、薬の効果なのかしら？)

若いOLを淫らにした怪しいドラッグ。それは男も発情させ、下半身に力を漲《みなぎ》らせる効果があるのかもしれない。

コクッ——。

思わずナマ唾《つば》を呑んでしまい、人妻秘書は頰を熱く火照《ほて》らせた。

（もう……何を考えているの？）

牡のシンボルがどうなっているのか、確かめたくなったのだ。

年上の夫が、夜の生活で満足させてくれないのは事実である。絵梨子が定時で帰り、美味しい夕食をこしらえて待っていても、彼は仕事で遅くなることがよくあった。

そして、疲れているからと、ベッドに入っても妻に手を出すことなく眠ってしまう。四十路を超えたあたりから、それが当たり前になった。

絵梨子が会長と密かな関係を持っているのは、求められたのは確かながら、欲求不満が高じてという部分もあった。

もっとも、高齢の会長とセックスはしていない。絵梨子は手やお口で射精させてあげるだけである。

五嶋会長は、自分だけが気持ちよければいいという類いの人間ではなかった。奉仕のお返しにと秘書の秘所をねぶり、絵梨子を絶頂に導いた。

とは言え、成熟した肉体が、愛撫交歓だけで満足できるはずがない。できれば逞しいモノで、疼く蜜芯を貫かれたかった。

勃起しても硬度が不足気味なペニスをしゃぶりながら、これでもいいから挿《い》れてほしいと願ったことは、一度や二度ではない。よって、昂奮状態をあからさまにする男根は、たとえ現物が見えていなくても、絵梨子には目の毒であった。

（……そうだわ。あの薬が男性にも効果があるのか、ちゃんと確認しなくっちゃ）

それらしい理由をこしらえて、眠っている室田の隣に腰をおろす。震える指でベルトを弛め、ファスナーをそろそろと下ろした。

「やん」

思わず声が洩れる。ズボンの前を開くなり、ブリーフのテントが飛び出したのだ。薄いインナーにはくびれの段差や、胴体の筋張った形状も浮かび上がっている。ふくらみきった亀頭に至っては、伸びきった布に赤みを透かすばかりか、頂上には早くも濡れジミができていた。

むわ――。

蒸れた牡の匂いが漂う。嫌悪すべき男のものなのに、絵梨子は鼻を蠢かさずにいられなかった。

（室田専務って、五十一歳よね。なのに、こんなに元気になるの？）

あるいは志桜里を犯すときも、薬を使っていたのだろうか。だったら夫にも飲ませてみたいと、禁じられた誘惑にも駆られてしまう。

ここまできたら、実物を確かめずにはいられない。絵梨子はブリーフのゴムに指をかけ、前の部分をめくり下げた。

（すごいわ……）

現れたのは、いかにも使い込んだふうな黒ずんだ肉棒。赤紫色に膨張した穂先は、別の生き物みたいに映った。くびれの段差も、エラのごとく際立っている。

どれだけ禍々しく武骨であっても、長らく欲していたそれに惹《ひ》かれてしまう。気がつけば絵梨子は指先を、血管の浮いたところに這わせていた。

（——あ）

何てことをしているのかと我に返ったのは、汗のベタつきを感じたからだ。それにより、嫌悪の情がぶり返したのである。

（こいつは若い女子社員を食いものにして、悪事に荷担させた男なのよ。そんなやつに欲情してどうするのよ）

自らをなじりつつも、一度その気になった身体は、すんなりと諦めてくれない。どうすればいいのかと悩んだところで、都合のいい言い訳を思いついた。

（そういうくだらない男だから、好きなようにオモチャにしてもいいわけよね）

彼が志桜里を弄んだように、快楽の道具にしてしまえばいいのだ。

勃起を剝き出しにした室田を残し、絵梨子は専務室内の化粧室に入った。社長室のようにシャワーこそないが、トイレと洗面台は立派なものが備えつけてある。

秘書の昌子が綺麗に片付けているのだろう、卑劣漢の室田には勿体ないぐらいに、中は清潔に保たれていた。絵梨子は洗面台の下に片付けてあったタオルを一枚取り出すと、濡らして絞った。

おしぼりを手にソファーに戻り、まずは猛々《たけだけ》しい肉根を清める。

「む――」

眠っている室田がかすかに呻く。濡れタオルが冷たかったのかもしれない。けれど、起きる気配はなかった。

匂いがしなくなるまで丁寧に拭うと、男根はいっそう赤みが増した。ビクッ、ビクッと、早く精液を出したいとせがむみたいにうち震える。

もちろん、そこまでサービスをする必要はない。

反り返った筒肉に、改めて五本の指を巻きつける。握ると、脈打ちが著しくなった。

「硬いわ……」

悩ましさが募り、つぶやいてしまう。がっちり根を張ったそれは、まさに鋼《はがね》か。ゴツゴツしたさわり心地にも、女心を揺さぶられる。

(こんなの、久しぶりだわ)

夫のペニスも、付き合い始めから結婚したばかりの頃は、このぐらい力強かったのである。膣に受け容れたときの存在感もあり、奥を荒々しく突かれて何度イカされたことか。

淫らな回想に、秘部が潤うのを感じる。いよいよたまらなくなって、絵梨子は顔を伏せると、手にしたものの突端に唇をつけた。

(やん、熱い)

唇と触れた亀頭粘膜が、熱を伝えてくる。それを冷やすつもりでもなかったが、舌を出して鈴口をチロチロと舐めくすぐった。

「む……うぅ」

牡腰がわななき、荒い息遣いが耳に届く。新たに湧き出した先走り液が、舌にヌルッと絡みついた。

いつしか絵梨子は紅潮した頭部をすっぽりと含み、飴玉みたいにしゃぶっていた。

(わたし、専務のおチンポを舐めてるんだわ)

品のない言葉を胸の内でつぶやくだけで、身体の芯がジンジンしてくる。こんなにいやらしい女だったなんてと自らを蔑むことで昂り、秘園がますます濡れた。

(すごく元気だわ、これ)

口内で脈打つ感触にもうっとりする。絵梨子は無意識のうちに技巧を駆使し、くびれの段差を舌先で丹念にこすっていた。

眠っている男のモノをフェラチオするなんて、もちろん初めてだ。淫らな行為に没頭し、空いている手を自らの中心に這わせる。スカートの奥、インナー越しに性器をこすっただけで、電流みたいな快美が生じた。

「むふっ」

鼻息を吹きこぼし、屹立を強く吸う。すると、

「う、ううッ」

差し迫った呻き声に続き、室田の腰がガクンとはずんだ。

(え?)

嫌な予感がして、猛るブツを焦って吐き出す。ビクンビクンとしゃくり上げる牡器官が、頭部をいっそう紅潮させた。

そして、魚の口みたいな鈴割れに、白いものがぷくっと丸く溜まる。

（あ、いけない！）

絵梨子は咄嗟に濡れタオルを摑み、剝き身の股間に被せた。硬肉を摑んでしごくと、眠っている男の顔が苦悶に歪む。

「むぅ、むはっ、はふ」

半開きの口から荒い息遣いをこぼし、下半身は腰を突き上げるような動きを呈する。タオルの中で暴れるペニスに、温かな粘液がまといつくのがわかった。

（射精したんだわ）

それほど長くしゃぶっていたつもりはなかったから、もう出したのかとあきれる。無防備だったせいで、甘美な刺激に耐えられなかったとでもいうのか。

（そう言えば男の人って、眠ったまま出しちゃうことがあるんだものね）

睡眠時は自制心がないため、イキ着くまでが早いのかもしれない。

脈打ちが収まるのを待って、慎重にタオルを外す。放出したものをこぼさぬよう、しっかりと包み込んで。

唐突に終わったことに、絵梨子は落胆していた。これからというところだったのに、肩透かしを喰った気にもなった。

「あら」

あらわになった肉棒に目を見開く。そこは射精後も力を漲らせたまま、逞しいシルエットを維持していたのだ。

(五十歳を過ぎてるのに、こんなに元気なの？)

これも怪しいドラッグの効能なのだろうか。

まだまだ楽しめそうだとわかって嬉しくなる。熟れ腰が男を欲しがってくねるのを、抑えることができなかった。

さりとて、ナマの男根を迎え入れるのは抵抗がある。今みたいにいきなり達して、中に精液を出されてもまずい。

絵梨子はスーツのポケットからコンドームを取り出した。室田とセックスすることを想定して用意したのではない。普段から持ち歩いているのである。

五嶋会長は唐突にその気になり、たとえば車で移動中のときでも、秘書の手を股間に導くことがあった。何しろ年だから、次にいつ勃起するかわからない。貴重なタイミングを逃してはならないのだ。

そんな場合、絵梨子はゴム製品をイチモツに被せ、周囲にバレないよう、何食わぬ顔で手コキサービスをするのである。そうすれば達してもズボンを汚す心配がない。

終わったらそのまましまって、後で処理してあげればいいのだ。

よって、コンドームは会長秘書の必需品であった。

ピンク色の薄ゴムを装着すると、ペニスがいっそう卑猥に映る。女体に入ることを前提にした姿だからなのか。絵里香自身も、受け容れる場面を想像せずにいられなかった。

まあ、実際、そうするつもりでいたのだが。

(ホント、立派だわ)

牡の性器を見おろし、胸の鼓動を急がせながら、タイトスカートを脱ぐ。女らしく熟れた下半身を包むのは、ベージュのパンティストッキングだ。

ナイロンの薄物に、紫色のショーツが透けている。黒のレースで縁取られたそれはお気に入りながら、すでにクロッチがじっとりと湿り、秘園に張りついていた。

(もう、わたしったら)

こんなにはしたない女だったなんて。我ながらあきれてしまう。

(ダンナが悪いのよ。わたしを抱いてくれないから)

と、夫に責任を転嫁しつつ、パンストと下着をまとめて剝き下ろす。秘部に張りついていたクロッチが剝がれるとき、「あん」と声が洩れた。ピリッとした快さがあったのだ。

腰から下のみ裸になることで、いっそう淫らな心持ちになる。上半身はスーツを着たままで、なんていやらしい格好なのか。男の方も股間のみを晒しており、まさに欲望本位の交わりと言える。

（久しぶりのおチンポ……どんな感じかしら）

迎え入れる前から、ときめきが止まらない。

室田は相変わらず、背もたれに身体をあずけている。胸を反らして股間を丸出しにしているから、座位で交わるのがベストだろう。

しかしながら、向かい合ってするのは抵抗があった。行為の途中で悪党の顔を見たら、せっかくの昂りが冷めてしまうかもしれない。

絵梨子は眠っている男にヒップを向け、膝を跨いだ。背面座位を選択したのである。

下腹にへばりつきそうに反り返るモノを前に傾け、その真上に腰をそろそろと下ろす。薄ゴムに包まれた切っ先を恥割れに当て、前後に動かした。

「くぅうう」

意図せずエッチな声がこぼれる。濡れたミゾをこすられただけで、かなり感じてしまったのだ。

（ああん、どうしてこんなに気持ちいいの？）

心ばかりでなく、肉体も快楽への期待で燃えあがっているようだ。

クチュクチュ……。

こすれ合う性器が淫靡な粘つきをたてる。ますますたまらなくなった。

（濡れすぎだわ）

入り口だけでなく、膣内も熱く潤っているのがわかる。ちょっと重みをかけるだけで、肉の槍はぬるりと入ってしまうはずだ。

挿入前からこんなふうでは、繋がったらどこまで乱れることになるのだろう。派手によがって誰かに聞かれたらまずいと、絵梨子は気を引き締めた。

そのくせ、卑猥なことをつぶやいてしまう。

「カチカチのおチンポ、オマンコに挿れさせてあげるわ」

身も心も淫ら色に染め上げて、屹立に体重をかける。

「あ、あっ」

狭い扉を圧し広げられて、無意識に声が出た。

（やん、入ってくる）

そう思ったのは、ほんの一瞬だった。予想したとおりに、硬肉が蜜穴にぬるんと吸い込まれる。

「ああぁっ」

ペニスと一緒に愉悦が身体の芯を貫き、絵梨子は声を抑えられなかった。背すじをピンと伸ばし、膝をワナワナと震わせる。

(すごい……いっぱいだわ)

体内の脈打ちが著しい。室田のほうも眠りながらも、快感にまみれているようだ。けれど、絵梨子はそれ以上だった。セックスそのものに加えて、ここまで硬い肉根を受け容れたのは久しぶりだったのだ。

(しちゃった、セックス――)

しばらく坐り込んだまま、肉体のざわめきが収まるのを待つ。呼吸を落ち着かせても、胸の鼓動はおとなしくならなかった。もっと感じたいとせがむみたいに高鳴り続ける。

内なる欲求に抗えず、そろそろと腰を浮かせる。だが、膝に力が入らない。ほんの二センチほど上がっただけで、坐り込んでしまった。

「きゃふッ」

膣奥を突かれ、また強烈な悦《よろこ》びが生じる。おかげではずみがついて、間を置くことなく腰上げに挑んだ。

（このおチンポ、逞しすぎるわ）

コンドームを被せているにもかかわらず、エラの張ったところや、筒肉のゴツゴツがリアルに感じられる。それら凹凸《おうとつ》が膣壁のヒダを掘り起こして、パッパッと甘美な電流が生じた。

気がつけば、絵梨子はリズミカルにヒップを上げ下げしていた。

「あ、あ、あ、あん、いい」

声を出さないように気をつけるはずが、自然とこぼれるものを抑え込むのは不可能だった。身をよじってよがり、たわわな臀部を牡の股間に打ちつける。

パンパンパン……。

淫らな打擲《ちょうちゃく》音が専務室に反響する。男からバックスタイルで挑まれたときに、激しいピストンでこんな音がしたことはあったが、自らの動きでというのは初めてだ。

つまり、それだけ興に乗っていたのである。

「あう、ううう、お、おチンポ硬いのぉ」

などと、到底他人に聞かせられない台詞を口走ってしまうほどに。

秘書課の同僚たちからどんなふうに見られているのか、絵梨子は自覚していた。おっとりして、人妻らしい慎みと落ち着きがあると、夏帆に言われたことがある。他の面々も、同じ印象を持っているのだろう。

彼女たちがこんなところを目の当たりにしたら、きっと驚くに違いない。当の絵梨子も、自身がここまで欲望本位だなんて想像すらしなかった。

（わたしって、すごくいやらしい女だったんだわ）

だが、少しも嫌ではない。むしろ解放された気分だ。

「うう、う、あ、オマンコ気持ちいい」

快楽にのめり込み、またも禁じられた単語を口にする。自堕落《じだらく》な振る舞いが昂奮と快感を際限なく高め、早くも頂上が迫ってきた。

「あ、イク、イッちゃう」

すすり泣き交じりにアクメを予告した途端、全身に震えが生じた。

「イヤイヤ、イク、イクッ、くうううっ！」

歓喜の極みで頭が真っ白になり、何も考えられなくなる。男の膝の上で前屈みになり、絵梨子は身体のあちこちを気ぜわしく痙攣させた。

「あふ、うう……ふはっ」

深く息をつき、気怠い余韻にひたる。今度は呼吸が収まるのに時間がかかった。

（……イッちゃった）

ようやく我に返ったとき、股間がやけにヌラついていることに気がつく。性器から内腿《うちもも》、お尻の割れ目のほうまで濡れていた。

（え、まさか⁉）

絵梨子は焦った。激しい逆ピストンでコンドームが破れ、精液を中に出されたのかと思ったのだ。

ところが、重い腰を上げて確認しても、そんな様子はない。尖塔は白い粘液でコーティングされていたが、愛液が泡立ったものであった。

つまり、一帯をグショグショにしたものは、絵梨子自身の分泌液だったのである。もしかしたら、自覚のないまま潮を噴いたのかもしれない。

（専務はまだイッてないわね）

肉棒は力を漲らせたままで、コンドームの精液溜まりにも白いものはない。これならまだできそうだ。

（だったらもう一回――）

せっかくの機会なのだ。一度だけで終わるのは惜しい。室田はオモチャにされて然《しか》るべき男なのだし、遠慮は無用だ。

絵梨子は再び背面座位で跨がった。快楽を生む剛直を蜜芯に収め、尻を上下にはずませる。

「あ、あん、あん、感じるぅ」

体内を掻き回され、蕩《とろ》ける悦びに総身を震わせる。

そのあと二度の絶頂を遂げるまで、人妻は腰を振り続けた——。

新たに絞った濡れたタオルで下半身を丁寧に清めてから、絵梨子は身繕いをした。室田のほうもコンドームを外し、ペニスを拭う。ゴムの匂いが残っていないか、しっかり確認した。

彼は一度爆発しただけで、二度目の射精はなかった。そのため、イチモツは硬くそそり立ったままである。

それをブリーフの中に収めようとして、絵梨子はまずいかしらと心配になった。

(目が覚めたら、専務は何があったのかかって探るわよね……)

おそらくは調子に乗って飲み過ぎ、寝落ちしたと考えるであろう。そのせいで人妻秘書とのアバンチュールを逃し、悔しがるのも目に見えている。

だが、股間が綺麗になっていることに気がついたら、眠っている間に何かされたのではないかと訝《いぶか》る恐れがあった。

絵梨子はドラッグを飲まされたことになっている。昂奮して我慢できなくなり、男が眠っているのをいいことに悪戯《いたずら》を仕掛け、その後始末をしたと勘繰られるかもしれない。

まあ、事実その通りなのであるが。

そんなふうに解釈され、今後もつきまとわれたらまずい。疑いをかけられても否定するつもりであるが、相手は一筋縄ではいかない男だ。そう簡単に引き下がるとは思えなかった。

では、どうすればいいのか。夏帆に相談するわけにもいかず、絵梨子はうーんと悩んだ。

（あ、そうだわ）

妙案が閃《ひらめ》き、ニッコリと笑う。

まず、ブリーフをちゃんと穿かせ、猛りっぱなしのペニスをしまった。その上で、布越しに硬肉をしごいたのである。

「むう」

眠ったままの室田が呻く。表情が歪み、腰回りがビクッとわないた。

（ほら、出しなさい）

胸の内で呼びかけ、脈打つものを摩擦する。ブリーフの中で射精させるために。

ザーメンで汚し、清められた証拠を隠すのが第一の目的だ。もう一つ、目が覚めて己の惨状に気づいたら、彼は夢精したと思うに違いない。

いい年をして、しかも会社内でそんな粗相《そそう》をしたとなれば、いくら悪党でも落ち込むであろう。しかも好機を逃した後だから、今後絵梨子にちょっかいを出す気もなくなるのではないか。

それにはたっぷりと射精してもらう必要がある。

絵梨子は左手を牡の股ぐらに差し入れ、急所も刺激した。下腹にめり込みそうに持ちあがっているものを揉み、精子の製造を急がせる。

「う……うっ、むうう」

気持ちよさそうな声がこぼれ、愛撫に熱が入る。嫌悪すべき相手でも、自らの手で感じてもらえると、それはそれで嬉しい。女としての本能なのだろうか。

（そろそろかしら）

陰嚢がキュッと縮こまったようである。男根の脈打ちも著しくなった。

「ううううっ」

切羽詰まった呻き声が聞こえるなり、勃起が大きくしゃくり上げた。続いて、何かがはじける感触がある。

（あ、出たわ）

ペニスが精液を発射したのだ。ブリーフに染みが広がり、粘り気が外側にまで滲《にじ》み出て、天井の明かりを鈍く反射させた。

最後の一滴まで絞り出すべく、絵梨子は根元から先っぽに向かって握り手を往復させた。

「むう、うう、ふぅ」

オルガスムスの波が去り、室田の身体が緊張を解く。完全に力が抜けたのを見届け、絵梨子は手を離した。

（うん。いっぱい出たみたいね）

青くさい匂いが漂う。二回目とは信じられない量の白濁液が、ブリーフの内側を汚しているようだ。

起きたとき、射精に気がついた室田は、どんな顔をするだろう。見届けたい気がしたものの、絵梨子は壁の時計を見あげて「あっ」と声をあげた。

（もうこんな時間だわ）

間もなく終業時刻である。さっさと済ませて帰らなければならない。

ズボンの前を閉じ、ベルトも締める。汚れたタオルを洗面台で洗って片付け、最後に室内をすべて点検してから、絵梨子は専務室をあとにした。

(……今夜、ダンナに迫ってみようかしら)

夫の顔が浮かび、胸がはずむ。室田とのセックスで満足したはずなのに、新たな欲望が湧いてきたのだ。

そして、今夜は久しぶりに、夫婦の営みが持てそうな気がした。

4

終業後、夏帆と巧磨は小会議室で落ち合った。

「今日は社長室が空いてないんですか?」

巧磨の問いかけに、夏帆は眉をひそめた。

「そんなしょっちゅう使うわけにはいかないわよ。簡単に入っていい場所じゃないんだから」

とは言え、成美には社長室を使ってもいいと言われたのである。なのに椅子もない小会議室を選んだのは、またいやらしい行為に及ぶのを避けるためだった。

（ソファーがあると、巧磨クンがヘンな気を起こしちゃうもの）

などと、年下の男のせいにする。自らの非は認めたくなかった。

「絵梨子さん、スマホの動画は消したそうよ」

「じゃあ確認しますね」

巧磨は持参したノートパソコンを開くと、Ｗｉ－Ｆｉでネットに接続した。室田のクラウドには、すでにアクセスできるようになっていた。

「……ええ、問題ないですね。動画はありません」

報告に、夏帆はホッとした。必ず助けてあげると志桜里に約束した以上、脅しのネタを消去することが最優先だったのだ。

しかし、これで終わりではない。室田の真の目的を探る必要がある。

「それで、絵梨子さんから預かったこれなんだけど」

レイプドラッグであろう薬液の入ったプラスチックケースを渡すと、巧磨はじっくりと観察した。

「マークが入ってますし、形もけっこう独特みたいですね。成分は、あとで開発部の知り合いに分析を頼みますけど、これだけでも何か摑めるかもしれません」

彼はスマホでケースの写真を撮り、パソコンに取り込んで画像検索にかけた。一般のWEBサイトだけではなく、ネットの深層まで入り込んで。

「あ、これじゃないですか」

ほとんど同じ外観のものが、海外で見つかった。薬物販売のサイトだ。

「ええと、なんて書いてあるのかな……」

「ちょっと見せて」

夏帆はサイトの英文をざっと読んだ。TOEICのスコアは九百点を超えているし、このぐらいは朝飯前なのだ。

「……うん、間違いなくレイプドラッグね。催淫効果もあって、女性を意のままにできるみたい。性感もアップするって書いてあるわ」

「へえ、すごいですね」

巧磨が感心してうなずく。薬の効能ではなく、夏帆の英語能力に驚いたようだ。

「ええと、男性の場合は勃起力が向上――」

余計な情報まで翻訳しかけて、咳払いをする。それはこの際どうでもいい。

「とにかく、室田専務はこれを手に入れたのね。すごく高価なドラッグだわ」

「いくらぐらいするんですか？」

「アンプル一つ、二万円ぐらいね」

「え、そんなに？」

「このサイトから購入すればの話よ。だけど、室田専務がこんなダークＷＥＢに入れるとは思えないし、他のツテで転売されたものを手に入れたとすれば、価格はもっと跳ねあがるでしょうね」

「あー、確かに」

「絵梨子さんは、同じものが引き出しにたくさんあったって言ってたわ」

夏帆は我知らず顔をしかめた。もしかしたら志桜里だけでなく、他にも毒牙にかかった女性がいるのではないかと思ったのだ。

いや、悪漢は室田だけとは限らない。こんなにも非道な薬物が広まれば、被害者はますます増えるであろう。

「このドラッグ、日本にだいぶ入ってきてるのかしら？」

「ええと、国内のサイトには見当たらないので、かなり限定的だと思います。おそらく警察のほうも、こんなドラッグがあること自体、摑んでいないんじゃないでしょうか」

「だったら、通報したほうがいいわね」

違法薬物の所持で室田が逮捕されれば、すべて丸く収まるのである。けれど、巧磨が渋い顔を見せた。

「いや、それは意味がないかも」

「どうして？」

「これが国内で違法だと認定されていないからです。個人で輸入するのは何ら問題ありませんから、所持だけでは罪に問えないでしょう」

「そっか……」

「浜浦さんが、この薬を飲まされてレイプされたと訴えるのは可能ですけど、残念ながら証拠がありません」

それに、志桜里もそこまでする勇気はないだろう。

訴えて、仮に室田が有罪になったとしても、裁判の過程で心ない言葉を投げかけられ、彼女が傷つくのは目に見えている。この国に限ったことではないが、レイプ訴訟は女性にとって苦難の道なのだ。

「あ、待てよ」

巧磨が何か思いついたふうに声をあげる。

「え、なに？」

「室田専務が使い込みをしたのは、ドラッグを購入する資金を得るためだったんじゃないでしょうか。それだけ大量に買ったのなら、自分だけで使うはずがないですし、他にも売って儲けようとしてるんじゃ」

この推理に、夏帆もそうかもしれないと思いかけた。しかし、矛盾が生じる。

「だけど、ドラッグの売買だけなら、そこまで使い込みをする必要はないわ。だって、転売すればお金が入るんだもの。最初の資金だけでいいはずよ」

「あ、そうか」

「やっぱり、他に企みがあるのよ」

それを明らかにし、悪事を暴かないことには、何も解決しない。

「ねえ、専務のクラウドに、何かめぼしい情報はなかった？」

訊ねると、巧磨はパソコンを操作しながら首をひねった。

「いちおう前もって確認したんですけど、怪しいものはなかったですね。まあ、こっちにも保存されているのは、連絡先ぐらいですけど」

「でも、ほら、登録名は偽名って可能性もあるじゃない。会社の関係者の名前を使って、全然違う相手の番号だったりとか」

「それは僕も考えて、全部確認しました。友人とかもすべて追跡したんですけど、偽装したものはなかったですね」

「そう……」

「あ、そうか。怪しい連絡先がなかったから、薬物の売買はやっぱり考えすぎみたいです」

悪事の可能性が次々と潰され、行き詰まった感がある。夏帆は焦りを覚えた。

(室田専務ってば、何を企んでいるの？)

本人を問い詰めたい衝動にも駆られる。もちろん、そんなことをしたらすべてが台無しだ。どうしてお前にそんな権限があるのだと逆襲されたら、シークレット・セクレタリーの存続すら危うくなる。

「こうなったら、専務の行動を逐一見張って、ボロを出すのを待つしかないですね」

巧磨の提案に、夏帆は首肯しかねた。それでは手遅れになる気がしたのだ。

しかし、他に方法がないのも確かである。

「仕方ないわね……」

力なくうなずきかけたとき、携帯の着信音が鳴った。絵梨子からの電話だ。

「はい、江藤です」

『あ、夏帆ちゃん、何かわかった？』

「ええと、あれはやっぱりレイプドラッグでした。輸入されたもので、専務がどこで手に入れたのかはわかりませんが」

『他には？』

「あとは特に……」

『そう。あ、それで、伝え忘れたことがあったの』

「何ですか？」

『室田専務のスマホを確認したとき、着信と受信の履歴に同じ名前が並んでたのよ』

この報告に、夏帆はようやく光明が見えた気がした。

「誰ですか、それって？」

『工場長の光井《みつい》さんよ。メインファクトリーの』

「光井……」

名前と顔は知っていた。工場長だから仕事はできるのだろうが、髪が薄くて中年太りの、風采が上がらない人物である。

「二人は友人なんでしょうか？」

『さあ、そこまではわからないけど。いちおう調べてみてもいいんじゃないかしら』

「そうですね。ありがとうございます」

『じゃあ、頑張ってね』

通話を切り、夏帆は考え込んだ。

(光井工場長って、室田専務と同い年ぐらいよね。てことは、飲み友達か何かかしら……)

あるいは同期入社なのかと考えたところで、

「あの……光井って誰ですか？」

巧磨の質問で我に返る。

「ああ、うん。メインファクトリーの工場長よ」

「メインファクトリーって、本社の隣ですよね？」

「そうよ。室田専務のスマホに、光井さんとの通話履歴がかなりあったって、絵梨子さんから連絡があったの」

「専務が工場長と？」

「ちょっと調べてもらえる？　光井工場長の年齢と、室田専務と同期かどうか」

「わかりました」

巧磨はパソコンを操作し、人事記録にアクセスした。

「ええと、光井八朗《はちろう》、年齢は四十八歳。室田専務の三つ下ですね。ただ、高校を卒業してすぐの入社ですから、勤続年数は光井さんのほうが長いです」

「じゃあ、同期じゃないのね」

「そうですね。近いと言えば近いですけど」

だが、本社勤務と工場では、接点のある社員は限られている。

「ねえ、室田専務が入社してからの記録って見られる？」

「あ、はい」

巧磨が取り出したデータを、夏帆も確認した。工場との関わりが深いのは開発部や資材部であるが、室田がそれらの部署に配属されたことはなかった。もともと経理部で部長の職にもあったから、使い込みのノウハウはそのときに会得したようである。

(少なくとも今は、仕事上の繋がりはなさそうね)

ただ、かつては仕事や部署も関係なく、広く飲み会などの交流があったと聞いたことがある。また、社内のサークル活動も盛んだったそうだから、そっちのほうで二人が知り合った可能性は否定できない。

しかし、どうも二人の間柄が気になる。

「ねえ、巧磨クン、ちょっと調べてもらえない？」

「え、何をですか？」

「光井工場長のこと。特に資産とか、金銭関係について」

「わかりました」

「わたしは工場を探ってみるわ」

夏帆の言葉に、巧磨が首をかしげる。

「え、工場ですか？」

「うん」

確固たる何かが見つかったわけではない。けれど、女の勘がそこを調べろと強く主張している。

「何かがありそうな気がするのよ」

夏帆は腕組みをし、一人うなずいた。

第四章　夏帆、危機一髪

1

（まったく、惜しいことをしたな）

専務室のデスクで椅子を左右に回転させながら、室田は後悔を嚙み締めた。あの日から、早三日が過ぎたにもかかわらず。

会長秘書である絵梨子が、半日とは言え担当になった。成熟した色香が匂い立ついい女で、是非ともモノにしたかった。

そのための手立てが、室田にはあったというのに。

例の淫らになる薬を使えば、経理部の娘を支配したみたいに、熟れた身体を自由にできたのである。人妻だから、関係を持ったことをネタに強請《ゆす》れば、長く楽しめるはずだった。

なのに、不覚にも眠ってしまうなんて。調子に乗って飲み過ぎたのが、どうやらまずかったらしい。

寝落ちしても、欲望の火だけは消えずにいたと見える。室田は、やけになまめかしい夢を見た。抵抗できないまま女に弄ばれるというもので、与えられる快感もやけにリアルだった。

ようやく目が覚めれば、終業時刻を過ぎていた。全身が気怠く、股間がベタつく感じがあった。

まさかと思って確認したところ、ブリーフの中に射精していたのだ。

夢精なんて十代以来で、室田は情けなさにまみれた。ブリーフを洗面台で洗い、その日はノーパンで帰宅したのである。

絵梨子がしごいて絶頂させたなんて、わかろうはずがない。酒をすり替えられたことはもちろん、別の薬物を混入されたとは想像すらしなかった。

テーブルの置き手紙を見て、ドラッグ入りの酒を飲んだはずの彼女が、何事もなく帰ったと知った。それほど飲んでいなかったから、薬の量が足りなかったのか。室田はそう解釈した。

よって、スマホの動画が消えていることがあとでわかっても、絵梨子のしわざだなんてこれっぽっちも疑わなかった。何かの手違いで消してしまったようだが、どうせクラウドに保存されているのだからと安心し、気にも留めなかった。

そもそも室田は、クラウドに保存されるという知識があるだけで、肝腎のクラウドがどういうものか、どうアクセスするのかすらわかっていない。もともとコンピータ関係は苦手なのだ。

それに、今は重大な局面を迎えている。些末《さまつ》なことはどうでもいい。

スマホの着信音が鳴った。工場長の光井からだ。

「室田だ」

『光井です。遅れていましたが、荷物がようやく届きました。工場のM倉庫に搬入してあります』

「そうか。では、確認しに行こう」

通話を切り、ほくそ笑む。いよいよ俺様の天下だと、全身に高揚感が満ちるのを覚えた。

二十分後、五嶋総合食品のメインファクトリーのM倉庫に、室田と光井の姿があった。その前には、何十もの段ボール箱が積まれている。

箱に書かれている文字は、日本語ではない。異国の文字が印字されたそれは霜《しも》がついて、どこか薄汚れたふうであった。

手前の一つを、光井が開ける。中には加工肉らしきものが詰まっていた。

「まだ凍っていますが、このまま使っても差し支えはないでしょう」

光井の言葉に、室田はうなずいた。

「どうせまともな商品にはならないんだ。明らかにおかしいぐらいのほうが、消費者もすぐに気がつくはずさ」

「そうすれば、騒ぎも大きくなりますね」

「ああ。マスコミも食いつきやすくなる」

二人は悪辣《あくらつ》な笑みを交わした。

彼らは食品偽装問題を引き起こそうとしていた。国産原料のみを使用と謳《うた》われている加工食品に、外国産の安い肉を混入するのである。

原料肉の発注には、社長自らが関わったように書類を改竄《かいざん》してある。偽装の事実は、発覚した後でタイミングを見計らい、室田が告発するのだ。工場長の光井も、社長の命令で行ったと証言することになっていた。

そうなれば、成美社長は間違いなく失脚する。

（ようやく俺が社長になれるんだ――）

積年の願いが、いよいよ叶うのだ。

先代の娘が二代目社長に就任したとき、室田も周囲に同調して歓迎の素振りを示した。だが、内心では腸《はらわた》が煮えくり返っていた。

こんな大企業で、世襲が許されていいものか。真に力のある者が継ぐべきだと言いたかった。

すなわち、自分こそが後継者に相応しいと。女の下で働くことも、彼のプライドが許さなかった。

残念ながら、成美は信望が厚い。社長の座を譲れと主張しても、到底認められまい。室田は反旗の刀を鞘《さや》から抜くことすらできず、悔し涙を飲んだ。

しかし、決して諦めたわけではなかった。

食品偽装事件を起こして社長を辞任に追い込む算段は、早いうちに思いついた。それには莫大な資金が必要だ。

擬装用の食材を搬入するのに正規のルートを使ったら、途中で発覚して阻止されるのは目に見えている。別のルートで仕入れ、こっそりすり替えねばならない。

そうなると、購入から運搬まで、費用はすべて自分が出す必要がある。そんな大金はさすがにない。

そこで、会社の金を横領することにした。

そのためには、経理部に協力者が必要である。それとなく社員を品定めして、おとなしく従順そうな、若い女子社員に目をつけた。

彼女を陥れるためのドラッグは、昔世話をしたことのあるチンピラから手に入れた。何かいい薬はないかと探りを入れると、海外から輸入したというアンプルを持ってきた。一本五万円と高価だったが、効果は保証すると言われた。

実際、使ってみたら期待以上で、難なく志桜里を操れるようになった。

ちなみに、そのドラッグは、横領で大金を手に入れたあと、追加でたんまり購入してある。社長になれば多くの女たちが寄ってくるはずであり、そいつらを手中に収めるために。

さて、金が手に入ったら、次は実働部隊を揃えねばならない。

室田が目をつけたのは、工場長の光井だった。ギャンブル狂でかなりの借金があると、以前から聞いていたのである。そのせいで女房に逃げられ、独り身であるとも。

借金を帳消しにしてやるからと話を持ちかけると、光井は直ちに乗ってきた。

社長命令の偽装だとしても、工場の責任者として馘首《くび》は免《まぬが》れまい。けれど、再就職を斡旋すると約束したら、それでかまわないと了承した。相応の報酬も与えるし、何よりも金とギャンブルが優先という人間なのだ。

混入の作業にあたる人員は、光井が確保している。彼らに言うことを聞かせるための金も、室田が用意した。

かくして、すべて準備が整い、計画が実行に移される日を迎えた。

成美社長が辞任しても、室田の上にはもうひとり専務がいる。もっとも、そいつは人の上に立つことを好まない性格だ。周りから社長の椅子を勧められても、固辞するのは目に見えている。

何より、室田は不正の告発者だ。信任を得て、三代目の社長に就任するのは確実である。

晴れてトップになった時の挨拶も、すでに考えてあった。前社長の不正で会社は信用を失ったが、それを取り戻すべく、社員一丸となって頑張っていこうと訴えるのだ。

世間に向けても深く頭を下げ、真摯《しんし》に謝罪すればいい。正義の告発者がそこまですれば、好感を持たれるはずだ。

それにより、偽装事件の痛手も少なくて済む。

(まったく、我ながら完璧な計画だ)

自らが関わった証拠はすべて消したし、どこにも落ち度がない。ここまでやり遂げられる自分こそ、社長に相応しいと自惚《うぬぼ》れる。

「では、さっそく作業に入りましょう。連中を呼んできます」

「ああ、頼むよ」

光井が倉庫を出たあと、室田は異国の食材を見あげた。これが社長の椅子を与えてくれるのだと思うと、頬の緩みを抑えきれなかった。

「なるほど、これを使って食品偽装をやらかそうってことなのね」

突如庫内に響いた声に、室田はギョッとした。

「だ、誰だ!?」

振り返ったが、誰もいない。焦って周囲を見回すと、

「どこを見ているの？　ここよ」

積まれた段ボール箱の後ろから、そいつが現れる。ハイヒールの踵《かかと》を、コツコツと軽やかに鳴らして。

「お前は――」

社長秘書の江藤夏帆だった。両手を腰に当てて啖呵《たんか》を切る。

「食品偽装問題を起こして社長を辞任に追い込み、自分が後釜に据わろうなんて甘い考えよ。そのために経理部の女子社員を脱法ドラッグを使って操り、横領で大金をせしめたことも、すべてお見通しなんだからね」

室田が思わずたじろいだのは、事実を指摘されたからではない。夏帆の迫力に圧倒されたのだ。

ミニ丈の黒いスーツをまとった彼女は、スタイルの良さが際立っている。すらりとして上背があり、ハイヒールを履いた今は、室田と目の高さが同じであった。

おまけに秘書課ナンバーワン、いや、社内でも彼女に優る女子社員はいないであろう美貌の持ち主だ。凛《りん》とした声もよく通り、見えないパンチでも喰らったみたいな衝撃を受けた。

そのため、夏帆に歩み寄られ、後ずさってしまう。

「――な、何を言ってるんだ」

ようやく絞り出した反論も、気位のある微笑に尻すぼみとなる。

「とぼけても無駄よ。あなたの悪巧みはとっくに暴かれているんだから。だいたい、この段ボールの山が、何よりの証拠じゃない。我が社で使われるはずもない食材が、どうしてこんなところにあるの？」

「それは——し、知り合いの食品会社に頼まれて、預かっているだけだ」

「苦しい言い訳ね」

夏帆が肩をすくめる。これに、室田は怒りを爆発させた。

(なんだってこんな小娘に、いいように言われなくちゃならないんだ！)

悪事を見抜かれたことよりも、年下で、しかも女である社長秘書に大きな顔をされることに向かっ腹が立つ。成美の社長就任が気に食わなかったように、もともと男は女よりも上だという意識が強いのだ。

舐められてたまるかと、室田は徹底抗戦の構えになる。

「偉そうに言いやがって、女のくせに！」

怒鳴りつけて前に出ると、彼女が驚きを浮かべた。

「あら、図星を指されて逆ギレ？」

「うるさいっ！」

相手は女だ。腕力でどうにでもなるはず。室田は怒りにまかせて飛びかかった。

ヒュン——。

空気の切れる音がする。

(え？)

室田は思わず動きを止めた。信じられないような速さで、顔の前に何かを突きつけられたのだ。

見れば、夏帆が片脚で立っている。もう片方の脚を高く掲げてピンと伸ばした姿は、さながらコンパスであろうか。

そして、尖《とが》ったピンヒールは真っ直ぐに、男の額を狙っていた。

「女だからって、甘く見ないほうがいいわ」

そんな台詞も、耳を素通りする。彼女は腿の付け根まであらわな、タイトミニを穿いていたのだ。それでハイキックのポーズを取れば、当然ながらスカートの内側がまる見えである。

危急の状況にもかかわらず、室田の視線は迷わずそこに注がれた。

黒いパンストがガードする中心に、葉っぱの形の縫い目がある。腰回りは繊維が詰まって色濃くなっているために、白いインナーが薄らとしか透けていなかった。

それでも、充分すぎるほどエロチックな光景だ。

夏帆のあられもない格好を、室田は長く楽しめなかった。目の前のヒールが動いたかと思うと、彼女が視界からすっと消えたのである。

（え？）

きょとんとなった次の瞬間、足下を払われて無様にひっくり返る。夏帆が低い体勢から、強烈な回し蹴りを放ったのだ。

「ぐはッ」

コンクリートの床に腰を打ち、野太い悲鳴を上げる。痛みを堪え、どうにか起き上がろうとしたが無理だった。

なぜなら、すっくと立ちあがった女秘書に、胸元を踏みつけられたからだ。

「抵抗しても無駄よ」

ピンヒールが鳩尾に喰い込み、痛みを覚える。そのまま体重をかけられたら、腹に穴が開くかもしれない。

完全に抵抗できなくなったのをものともせず、室田は性懲《しょうこ》りもなく、彼女のスカートの中を覗き見た。

(くそっ、いい女なのに)

顔もスタイルも最高だ。こんなにもいいタマが、どうして敵なのだろう。

いや、むしろ敵のほうがいい。遠慮なく凌辱できるからだ。

「さあ、観念して、すべて白状なさい」

夏帆に命じられても、室田はどこ吹く風だった。下からだと影になってよく見えないのに、黒いパンストに透ける下着を探す。

「ちょっと、どこ見てるのよ？」

眉をひそめる美女の問いかけに、返事すらしなかったのは、逆転できる見極めがついていたからである。

「まったく、いい加減にしなさいよ」

夏帆が苛立《いらだ》ちをあらわにする。ピンヒールがさらに喰い込んだ。

「ううう」

たまらず呻いた次の瞬間、ボクッと鈍い音が庫内に響いた。続いて、夏帆が床に倒れ込む。

彼女の後ろにいたのは、半解凍の肉の塊《かたまり》を手にした光井だった。

「専務、大丈夫ですか？」

声をかけられ、室田は身を起こしながら「ああ」と返事をした。

「助かったよ。それにしても、よく戻ってきてくれたな」

「作業員たちが、前の仕事がまだ終わっていなくて、そのことを伝えに来たんです。そうしたら女の声が聞こえて」

室田はさっき床に倒されたとき、夏帆の背後に近づく光井に気がついた。だから余裕があったのだ。

「何者なんですか、こいつは？」

「社長秘書だよ」

「え？」

床に倒れた女の顔を覗き込み、光井が驚きを浮かべる。

「あ、本当だ」

彼も見覚えがあるようだ。車内でもトップクラスの美人だし、当然か。

「こいつ、俺たちの企みを探っていたんだ。かなりのところまでバレているぞ」

「え、だったらまずいじゃないですか」

光井が蒼《あお》ざめる。ギャンブルで借金までこしらえたのに、案外度胸がない。

「心配するな。口を封じればいいのさ」

「口を……こ、殺すんですか？」

「まさか」

室田は思わせぶりにニヤリと笑った。

「女ってのは、犯されれば言うことを聞くようになるんだよ」

そう言ってポケットから取り出したのは、例のドラッグであった。

2

(──え？)

身体中をナメクジが這い回るという悪夢に魘《うな》されて目を覚ます。だが、気色の悪い感じは、しつこく続いていた。

後頭部にかすかな痛みを感じ、夏帆は自身の身に起こったことを思い出した。

(そうだわ……室田専務を床に倒したあと──)

悪巧みはバレていると、観念させようとしたのである。ところが、後頭部に衝撃があり、昏倒してしまった。

それが誰の仕業《しわざ》かなんて、考えるまでもない。

(光井工場長が戻ってきたんだわ)

気がつかないうちに背後に忍び寄られ、何かで殴られたらしい。

もしかしたら、光井が来たことに気がついて、室田はわざとスカートの中を覗いたのかもしれない。こちらの気を逸らすために。

そこまで考えたところで、

「あふぅううっ」

夏帆は身をよじり、声をあげた。痛痒感に似たざわめきが、体表に生じたのである。それが快感であると気がつくのに、少々時間を要した。

「気がついたのか？」

耳元で室田の声がする。同時に、生臭くぬるい風が頬に当たった。

夏帆は背後から抱きすくめられていた。いつの間にかスーツとブラウスをはだけられ、ブラジャーもたくし上がった状態だ。

あらわになった乳房は、背中から回された手で鷲摑みにされ、乳首を指の股で挟まれている。そのせいで快さが生じたのだ。

おまけに、下半身の衣類をすべて奪われている。大股開きで晒された秘園に顔を埋めているのは、脂ぎった剝き身の頭皮から、光井だとわかった。

(え、舐められてるの？)

恥ミゾをヌルヌルと這い回るのは、彼の舌だ。悪夢の正体が判明し、全身に鳥肌が立った。

「イヤッ！」

抗っても、身体が言うことを聞かない。力がまったく入らなかった。

「感じているみたいだな」

饐《す》えた口臭交じりの指摘を否定しようとしたものの、乳頭を摘まれて「くうぅ」と呻く。敏感な粘膜をねぶられるのにも、腰をいやらしくくねらせてしまった。

「あ——そこ……ダメぇ」

ねぶられる秘芯は、温かな蜜をトロトロと溢れさせていた。

（ああ、どうして……）

嫌悪すべき輩に愛撫され、気持ち悪くてたまらない。ところが、肉体はやつらに従順だ。まるで操られているみたいに。

「薬の効き目はどうだい？」

その問いかけで、夏帆は悟った。気を失っている間に、あのレイプドラッグを飲まされたのだと。

「あ、あんたたち、こんなことをして、タダで済むと思わないでよ」

精一杯気を張っても、虚勢としか映らなかったであろう。その証拠に、彼らは少しも怯むことなく、女体を好きに弄ぶ。

「あ、あ、ダメぇ」

おっぱいとアソコを同時に攻められ、甘い痺れが全身に行き渡る。柔肌がビクッ、ビクッと、歓喜のさざ波を立てた。

(わたし、感じてる……)

嫌なのに、どうして快《こころよ》いのだろう。

「ふう」

顔をあげた光井がひと息つく。濡れた口許を手の甲で拭い、下卑た笑みを浮かべた。

「いやあ、こんな美人でも、マンコは小便くさいんですなあ」

侮蔑の言葉に涙が溢れる。用を足せばアンモニア臭が残るのは当然でも、面と向かって暴露されるのは居たたまれなかった。

「小便だけか？　他の匂いもしただろう」

室田の指摘に、光井は「ええ」とうなずいた。

「チーズくさいというか、魚くさいというか、そんな感じですね」

酷《ひど》い喩《たと》えだ。いちいち悪臭のように表現するのが腹立たしい。辱《はずかし》めるために、わざと言っているとわかっても、冷静に受け止めるのは困難だった。

それにしても、どうしてこんなことになってしまったのか。

(やっぱり勇み足だったのかしら)

悔やんでも、すでに遅い。

工場で動きがあるとわかり、夏帆は一足先に倉庫へ来た。あとで巧磨と絵梨子が、彼らに突きつける悪事の証拠を持ってくる手筈《てはず》になっている。

ところが、早くも作業が始まりそうだったから、待っていられなくなったのだ。見れば、擬装用食材の入った段ボール箱は、まだ運び出されていない。焦る必要はなかったようだ。

まったく、短気な自分が恨めしい。

「どれ、今度は私がサービスをしてもらう番ですな」

光井が立ちあがる。ズボンとブリーフを気ぜわしく下ろし、性器をあらわにした。それは血管を浮かせて反り返っていたものの、太いだけで長さがない。しかも、亀頭が半分以上も皮で包まれている。

（ふん。情けないチンチンね）

巧磨の若茎のほうが、何万倍も好ましい。

光井は包茎ペニスに手を添えると、夏帆の目の前に突き出した。

「しゃぶってもらおうか」

と、ドスの利いた声で命じる。

スルメと納豆を混ぜた臭気がプンと漂い、吐き気を覚える。夏帆の性器をくさいと揶揄《やゆ》しておきながら、自分はどうなのか。

「やめたほうがいいな」

室田の声で、三センチの距離まで唇に接近していた男根が、ぴたりと止まる。

「え、どうしてですか？」

「こいつは負けん気が強いから、チンポを嚙み千切るぐらいやりかねないぞ」

言われて、光井が慌てて飛び退いた。
（チッ）
夏帆は胸の内で舌打ちをした。本当にそうするつもりだったのである。

「そんなことをさせなくても、こっちにズブリと挿《い》れてやればいいのさ」

室田が後ろから手をのばし、夏帆の両膝を抱える。幼子にオシッコをさせるみたいに、ぐいと持ち上げた。

「いやぁあああっ！」

羞恥の悲鳴が倉庫に反響する。M字開脚で女芯を晒すという、屈辱でしかないポーズを取らされたのだ。

「おお、いい格好だ」

禿頭の工場長が、楽しげに目を細める。床に膝をつき、全開にされた女体の中心に向かって腰を進めた。

（ああ、犯されちゃう）

夏帆は悲嘆に暮れ、顔を歪めた。それでも泣き言を口にしなかったのは、二人の嗜虐心を満足させたくなかったからだ。

「観念しろ。どうせチンポを挿れてもらえば、もっと感じてよがりまくるんだから」

室田の嘲《あざけ》りに、負けるものかと気を張る。

（誰が感じるもんですか）

しかし、包皮からわずかに覗く亀頭が恥割れに触れる。夏帆はいよいよ絶望に苛《さいな》まれた。

（もうダメだわ……）

目の前の光景が、涙でぼやける。こんなことなら勿体ぶらず、巧磨にヤラせてあげればよかったかもしれない。

などと、こんな状況にはそぐわないことを考えたとき、

「そのぐらいにしておきなさい」

聞き覚えのある声が倉庫にこだまする。

「うわっ」

突然の闖入者に驚いた光井が尻餅をつく。室田も抱えていた女体を投げ出した。

床に転がった夏帆は、安堵して瞼を閉じた。こちらに近づく足音を耳にしながら。

裸の腰に何かが掛けられる。抱き起こされて目を開けると、巧磨の顔があった。

「大丈夫ですか？」

（……やっと来たの？）

声をかけられるなり、嗚咽が溢れた。

「お、遅いじゃない。なにしてたのよ？」

涙声でなじると、彼に「すみません」と謝られる。

「証拠集めに時間がかかったんです。だけど江藤さんも、ちゃんと打ち合わせ通りに待っていてくれないと」

咎められ、確かにその通りだから反論できなかった。

下半身に目をやれば、スーツの上着が肌を隠している。巧磨のものだ。年下で頼りないと思っていたが、なかなかどうして紳士ではないか。

向かい側では、光井があたふたとズボンを引っ張り上げていた。その隣で、室田が苦虫を嚙み潰した顔を見せている。

「専務ともあろう方が、社長秘書をレイプするなんて。まったく、世も末ですね」

大地に根を張ったみたいに脚を開き、腕組みをして言い放ったのは絵梨子だ。普段のおっとりした感じが嘘みたいに迫力がある。

そのため、悪漢たちは気圧された様子だ。

「な、何がレイプだ。このスケベ女がパンツを脱いで、勝手に股を開いたんだ！」

室田の言い逃れを、絵梨子はフフンと鼻で笑った。

「嘘と誤魔化しだらけの人間の言うことなんて、誰も信用しませんよ」

「なんだと!?」

「そう言えば、以前にわたしが、山口さんの代わりで専務室に伺ったとき、専務はわたしのお酒に妙な薬を入れましたよね。江藤さんにも、あれと同じものを飲ませたんじゃないですか？」

これに、室田が狼狽する。誰あろう手を出そうとした相手に悪事を指摘され、冷静でいられなくなったようだ。

「あと、これなんですけど」

絵梨子が紙の束を出した。

「この倉庫に置いてある食材の発注書と、輸入や輸送に関する諸々の書類です。一見すると社長が手配したようになっていますが、これを作成したのは専務ですよね」

質問ではなく断定の口調で言われ、室田は即座に否定した。

「そんなものは知らん！」

「あれ、おかしいですね」

そう言ったのは巧磨だ。

「河西さんが持っている書類は、専務のパソコンにあったファイルをプリントアウトしたものです。ファイルのプロパティにも、専務の名前が入っていました。作成したソフトが、専務の名前で登録されたものだという証拠です」

「な、なんだその、プロ――なんとかってやつは⁉」

室田がしどろもどろになる。パソコンの知識が不足しているから、作成した文書に様々なデータが含まれることを知らないのだ。

(専務がいないあいだに、パソコンを徹底的に調べてくれたのね)

そうするように指示したのは夏帆だ。必ず証拠があるはずだからと。

「だいたい、俺のパソコンはパスワードがかかっていて、中を見られないんだぞ」

悪あがきに、巧磨がやれやれという顔をする。室田が設定したパスワードを突破するぐらい、彼には造作もないことなのだ。

「それから、そんなファイルはすべて削除して――」

言いかけて、室田がしまったという顔をする。不用意な発言だったと気がついたようだ。

「ええ、確かに削除されていました。だけど、ドライブを完全に初期化しない限り、ファイルの復元は割と簡単にできるんですよ」

ネットワークから侵入したときには見つからなかったものを、現物を復元ソフトにかけることで発見できたのである。これも夏帆が目論んだ通りだった。

「ついでに、経理部の浜浦さんに使い込みをさせたときの、送金や振込の命令書もありました。あと、架空の会社を設立するための届出書類とか」

そこまで言ってから、巧磨は勝ち誇った声で告げた。

「たった今、専務がおっしゃったように、証拠隠滅のために削除したものですけどね」

室田はとうとう何も言えなくなった。両手の拳を握りしめ、体躯をワナワナと震わせる。その横で、光井は途方に暮れていた。

「ついでに、こんなものも発見しちゃいました」

巧磨がポケットから取り出したのは、古い型の携帯電話だった。専務室にあったのだろうか。

「あ――」

室田が焦りを浮かべる。不都合なものであるのは明白だ。

「これって、レイプドラッグの売人との連絡に、専務が使っていたものですよね。登録されていた番号は一件だけで、調べたら、かなり前科のあるやつだとわかりました。また違法な薬物を取引しているようだと警察に通報しておいたので、そいつは近々逮捕されると思いますよ」

「だ、だからなんだ？」

「そんなやつと連絡を取り合っていたことがバレたら、専務もただでは済まないでしょうね」

巧磨の指摘に震え上がったのは室田ではなく、光井だった。床に膝をつき、勘弁してくれとばかりに土下座をする。

「許してくれ。お、俺は室田さんに命令されて、食品偽装の片棒を担ごうとしただけなんだ。使い込みとか、ドラッグとか、そんなものには関わっちゃいない。信じてくれ。この通りだっ！」

通報だの逮捕だの、物騒な言葉が出てきたものだから、すっかり怖じ気づいたらしい。悪事に荷担しても、気が弱くて情けないだけの男だ。

「ほら、工場長は罪を認めましたよ。専務はどうなさいますか？」

絵梨子の問いかけに、室田は顔を憎々しげに歪めた。追い詰められ、自棄《やけ》を起こすのではないかと危ぶまれたとき、

「もういいでしょう」

澄んだ声が倉庫に響き渡る。現れたのは成美だった。

（え、社長が？）

夏帆は目を疑った。これは打ち合わせになかったのだ。

（絵梨子さんが呼んだのかしら？）

しかし、何のために？

「話はすべて聞きました。室田専務、とんでもないことをしてくれましたね」

会社のトップに相応しい、堂々とした振る舞い。女性を蔑んでいた室田も、すっかり呑まれたようだ。

「い、いえ、私は――」

「室田専務が行ったことは、明らかに犯罪です。横領、脅迫、レイプ、背任。それから、食品偽装は不正競争防止法、食品衛生法、食品表示法に違反し、詐欺罪に当たると見なされることもあるんですよ」

室田が崩れるように膝をつく。罪状を並べられ、ようやくとんでもないことをしたと理解したらしい。

するると、成美が一転、声を和らげる。

「ですが、わたしは今回の件を公にするつもりはありません」

これに、一同の視線が彼女に向けられた。

「食品偽装は未遂に終わりましたが、そんなことが計画されていたと知られたら、我が社の信用はがた落ちです。それによって業績が悪化すれば、全社員の処遇にも影響が出ます。社長として、それは断じて避けねばなりません」

確かにそうだと、夏帆は思った。

実のところ、悪いやつは徹底的に懲らしめて、いっそ警察に突き出してやればいいと考えていたのである。しかし、果たしてそれが会社のため、社員のためになるのだろうか。

「これは、室田専務が傷つけた女子社員の希望でもあるんです。弄ばれ、許されない行為に荷担させられたことを、誰にも知られたくない。彼女はわたしにそう訴えました。わたしは一人の女として、彼女の気持ちを尊重したいと思います」

やはり志桜里は、肉体を弄ばれたことが公になるのを恐れたのだ。それでいいのかと疑問は残るものの、これればかりは被害者の意向に沿わねばなるまい。

「しかし、残念ながらこの場にも、傷ついた女性がいるわけですけど」

成美の目が夏帆に向けられる。悲しげな眼差しに、胸が熱くなった。

(社長はわたしのことも、ちゃんと考えてくれているんだわ)

セックスこそ未遂だったものの、男たちに辱められたのは間違いない。強制猥褻で訴えることは可能だった。

しかし、自ら危険に飛び込んだ結果、そうなったのである。シークレット・セクレタリーとして活動する以上、常にリスクはつきまとうのだ。

「……わたしも、社長のお考えに賛成します」

夏帆の言葉に、女社長は小さく「ありがとう」と答えた。それから、室田たちに向き直る。

「あなたたち二人には、我が社を辞めていただきます。ここまでしたのですから、すべてを帳消しにはできません」

馘首の宣告に、室田と光井はうな垂れた。

「ただ、再就職のお手伝いはします。あなたたちにも生活があるでしょう。それから、室田専務には、会社に与えた損害のぶんを、きちんと支払っていただきます。たとえ何年かかろうとも――」

夏帆が憶えているのは、そこまでだった。ドラッグの影響か、はたまた疲れが出たのか、巧磨の腕の中で眠りに落ちたのである。

3

次に目が覚めたとき、夏帆はベッドに寝かされていた。

（――え、ここは？）

天井も壁も白い部屋。どこだろうと視線をさまよわせると、脇に巧磨が坐っていた。

「あ、江藤さん、大丈夫ですか？」

訊ねられるなり、既視感を覚える。倉庫でも同じことを言われたのを思い出した。

「どこなの、ここ？」

「会社の医務室です」

言われてもピンとこなかったのは、利用したことがなかったからだ。

眺めとしては病室よりも、学校の保健室に近い。ベッドはパイプ製の安っぽいものだし、頭をもたげると、足下のほうにデスクや薬品棚があった。

けれど、そちらには誰もいない。窓を見ると、外は暗くなっていた。

（もう帰らなくちゃ……）

ぼんやりと考え、身を起こしかけたところで気がつく。自身が一糸まとわぬ姿にさせられていることに。

夏帆は焦って仰向けになり、掛け布団を顎まで引っ張り上げた。

「ど、どうして裸なのよ!?」

「あ、いや――」

「巧磨クンが脱がせたの？」

睨みつけると、彼が焦ってかぶりを振る。

「ち、違いますよ。僕は江藤さんをここまで運んだだけで、あとは河西さんが――」

「絵梨子さんが？」

「あいつらに色々されたみたいだから、綺麗にしてあげなくちゃって言って。も、もちろん、僕は見てません」

懸命に否定するのがいじらしい。どうやら眠っている間に、絵梨子が身体を拭いてくれたらしい。

「それで、絵梨子さんは？」

「帰られました。あとはよろしくって。あ、医務室の先生にも、ちゃんと戸締まりをするようにって言われてます」

どうやらここに残っているのは、二人だけのようだ。すると、巧磨が気が抜けたふうにため息をつく。

「だけど、今回は無茶しすぎでしたよ、江藤さん」

「うん、ごめん……」

夏帆は素直に謝った。

室田と光井の関係から、工場で何かあると睨み、徹底的に探ったのである。そして、倉庫の使用計画を確認したところ、M倉庫だけがしばらく前から空けられており、しかも搬入予定が何もなかったのだ。

これは怪しいと、監視用のカメラを設置して見張っていたら、食肉が多量に運び込まれた。そこで、これは食品偽装を企んでいるのだと閃いた。

光井に借金があることは、巧磨から報告を受けていた。金で工場長を従わせて、大掛かりなことをやるつもりなのだろう。

偽装の目的はただ一つ。不祥事による社長の辞任だ。室田が三代目を狙っているのは疑いようもなかった。

偽装の現場を押さえれば、彼らの計画をぶち壊せる。しかし、社長の椅子を狙っている以上、すべて成美の命令だと偽証する可能性があった。それこそ使い込みと同じで、関連の書類も揃えてあったら、否定するのは難しい。

夏帆は巧磨に、室田のパソコンを徹底的に調べるよう命じた。きっと何か出るはずだと。それを突きつけて、彼らを観念させるつもりだった。

ところが、予想したよりも早く動きが見られたものだから、夏帆は待ちきれずに対決を挑んだのである。

「僕らも、もっと早く行くはずだったんですけど、ファイルの復元に手間取ったんです。あと、河西さんに、今回の件を収めるには社長の力を借りたほうがいいと言われたものですから、社長にも証拠の文書を見せて、説明するのに時間がかかったんです」

最後まで見届けられなかったが、あの場がうまく収まったのは、成美の英断があってこそだ。ＳＳのメンバーだけでは解決が難しいと、絵梨子はわかっていたのだろう。

「うん……苦労を掛けたわね。ありがとう」

ねぎらいの言葉に、年下の男が意外だというふうに目を丸くする。普段は滅多にお礼など言わないから、面喰らったのか。

(それとも言葉じゃなくて、態度で示してほしいのかしら？)

などと考え、不意に思い出す。光井に犯されそうになったとき、巧磨にさせてあげればよかったと悔やんだことを。

(……そうよね。巧磨クン、今回はすごく頑張ったんだし)

加えて、夏帆自身も彼を求めていた。室田に飲まされた薬の効き目が、まだ続いているのだろうか。

「ねえ、ご褒美がほしい？」

問いかけに、彼が狼狽する。

「あ、あの」

「誰か来たら困るから、入り口をロックしてきてちょうだい」

お願いすると、巧磨がはじかれたみたいに立ちあがる。欲望に忠実な反応に、夏帆はクスッと笑った。

(いい子だわ)

入り口を施錠した彼が、息をはずませて戻ってくる。

「脱いで、全部」

夏帆は簡潔に命じた。

年上の異性が見守る前で全裸になるのは、さすがに抵抗があったらしい。この前のように、下だけを脱ぐのとは状況が異なる。

それでも、いよいよかという期待が、若い男を衝き動かしたようだ。巧磨は慌ただしくスーツを脱ぎ、ワイシャツもスラックスも床に落とした。

そして、最後の一枚になったところで、夏帆に背中を向ける。

ブリーフが脚を下り、夏帆はドキッとした。彼のお尻をまともに見たのは、これが初めてかもしれない。

(いつもオチンチンだけだったものね)

くりんとして、やけに可愛い。胸が高鳴る。

巧磨が回れ右をしてこちらを向く。そのときには、股間を両手でしっかりと隠していた。

(もう何度も見られてるのに)

やはり素っ裸だと、勝手が違うのだろうか。

とは言え、夏帆のほうも全身を隠している。もしも掛け布団をめくられたら、反射的に彼を蹴り飛ばすかもしれない。

「ほら、入って」

掛け布団の端を少しだけ持ち上げ、夏帆は若い牡を迎え入れた。

ベッドはシングルサイズである。いや、それよりも狭いぐらいか。お互いが触れあわずにいられるはずがない。

(わたしが年上なんだし、リードしてあげなくちゃ)

怖ず怖ずと侵入してきた裸身を、思い切ってかき抱く。

「ああ」

感動の声を洩らしたのは、巧磨のほうだ。女体の柔らかさと、肌のなめらかさにうっとりしたふう。

だが、快いのは夏帆も一緒だった。

(気持ちいいわ――)

抱擁し、互いの体温を行き交わせる。男の汗の匂いも好ましかった。

じっとしていられなくて、夏帆は身をくねらせた。

ギィ――。

同衾を想定していないベッドが、不機嫌そうな軋みをたてる。それにもかまわず、二人は相手の身体をまさぐった。

(え、もう?)

下腹に、硬い棒が当たっている。牡のシンボルが勃起したようだ。

そこを両手で隠していたときには、ふくらんでいる感じはなかったのである。裸で抱き合ったことで、瞬時に膨張したらしい。

「うう」

小さく呻いた巧磨が、腰をいっそう押しつけてくる。ペニスをこすりつけるような動きも示した。

（さわってほしいんだわ）

そうとわかりつつ、夏帆はかすかに汗ばんだ背中を撫で続けた。焦らすつもりはなく、全身を慈しみたかったのである。

すると、彼も同じように背中をさすってくれた。

「ああん……」

うっとりして声が洩れる。身体を密着させるだけで、強い一体感を感じた。

だが、巧磨のほうは、背中を撫でるだけでは満足できなかったらしい。手がそろそろと下降し、手のひらでヒップをすりすりした。

「やん、くすぐったい」

遠慮がちなタッチがこそばゆく、身をよじってなじる。

「あ、すみません」

彼は謝り、今度は柔らかなお肉を揉み出した。

「あ、あ——」

気持ちよくて、背すじがゾクッとする。お尻への愛撫で、こんなに気持ちよくなったのは初めてだ。

(やっぱり薬の効果が残っているみたい)

それとも、健気《けなげ》な年下男子の手だから、いつになく感じてしまうのか。

「江藤さんのお尻、すごく素敵です」

巧磨が率直な感想を述べる。身体のパーツを、そんなふうに真っ直ぐ称賛されるのは照れくさい。

それでいて、妙に甘えたい気分になった。

「ねえ、こんなときに江藤さんなんて呼ばないで」

「……え?」

「他人行儀じゃない。わたしたち、ハダカで抱き合ってるのよ」

彼は納得したふうにうなずくと、表情をキリッと引き締めた。目をしっかりと見つめられ、

「夏帆さん」

呼ばれるなり、心音がバクンと跳ねあがる。

(……巧磨クンも、一人前の男なんだわ)

パソコンやネットワーク関係には長《た》けていても、男としてはまだまだと思っていた。けれど、今は頼りがいと強さを感じる。

そのため、安心して身を任せられる心地がした。

「ね、キスして」

唇を差し出し、瞼を閉じてくちづけをせがむ。こんなおねだりも、ずいぶんと久しぶりな気がした。

コクッ——。

彼の喉が鳴る。手や口で射精に導き、互いの性器を舐め合うことまでしたのに、唇を重ねたことはなかったのだ。

おかげで、心臓が壊れそうにドキドキする。

(キスするんだわ、わたしたち)

夏帆はファーストキスのときと同じぐらいときめいていた。

目をつぶっていても、何かが接近する気配はわかる。あ、もうすぐと思った直後、柔らかなものが唇に触れた。

(あん、しちゃった――)

それは初々《ういうい》しい中学生同士みたいな、おとなしいキスだった。ただ唇を重ねたまま、じっとしていたのである。

なのに、全身がやけに熱い。身体の芯がムズムズして、秘部が潤うのを自覚した。

(わたし、濡れちゃってる)

キスだけでこんなになるのなんて、初めてだ。巧磨の手はお尻に触れたままだが、今はほとんど動かずじっとしていたのである。

だったら、今度はこっちが気持ちよくしてあげる番だ。

ふたりの間に、夏帆は手を差し入れた。さっきからねだるみたいに脈打っていた若根に、指を巻きつける。

「むふっ」

彼が太い鼻息をこぼす。呼吸を楽にするためか、唇も半開きになった。

その機を逃さず、夏帆は舌を差し入れた。

「ン……」

小さく呻いた巧磨が、侵入した舌を軽く吸う。いよいよ高まったみたいに、ペニスを雄々しく脈打たせた。

二人の舌がじゃれ合う。互いの口内を行き来して、芳潤な唾液を味わった。

その間に、夏帆の手はゆるゆると動いた。

がっちりと根を張って反り返る。下腹にへばりついたものを、手前に傾けるのすら難しい。それだけ昂奮しているようである。

（すごく硬いわ……）

もう一方の手を添え、ふくらみきった頭部に指を這わせる。くびれの段差は、わずかにベタついていた。

そこがちょっとスルメっぽい匂いをさせているのを、夏帆は知っている。匂いだけではない。舐めたらほんのり塩気があって、美味しいのだ。

このあいだは、自分の恥ずかしいフレグランスも、巧磨に知られてしまった。仕事のあとで、かなりキツかったに違いないのに。そればかりか、彼は自らお尻を抱き寄せ、イクまで舐めてくれた。

そのときのことを思い出すと、昼間、工場長の光井に秘臭を嗅がれたことなど、どうでもよくなる。あいつはくさいと嘲っただけだが、巧磨はペニスがギンギンになったぐらいに昂奮し、いっぱい愛してくれた。

シークレット・セクレタリーにスカウトしたのは自分だが、本当にいいパートナーになったと思う。こうしてプライベートでも親密になれたし、彼とは今後も頑張っていけそうだ。

ただ、こんなことばかりして、任務が蔑ろになっても困る。それに、付き合っている恋人を忘れたわけではない。

(ダメよ……こんなときに、他の人のことを考えるなんて)

今は目の前の男に心を傾けるべきだと、舌を深く絡みつかせる。手にした牡棒も愛撫して、早くも粘っこい雫《しずく》をこぼす鈴口をヌルヌルとこすった。

「むふッ、むぅ――――」

巧磨が息をはずませる。ふっくらした尻肉に指を喰い込ませ、さっきよりも強めに揉んだ。

(もう、たまらなくなっているみたい)

勃起の脈打ちも著しい。このましごき続けたら、遠からず香り高いエキスを噴出するであろう。

「ふはっ」

とうとう息が続かなくなったか、彼が唇をはずす。身をブルッと震わせ、情けなく顔を歪めた。

「すみません、あの……」

呼吸がはずんでいるから、いよいよ危ないのだとわかった。

「イキそうなの？」

「はい」

だったら、すぐに結ばれたほうがいいだろうか。しかし、それだと挿入した途端、爆発するかもしれない。

「一回出しておく？」

「え？」

「でないと、挿れたらすぐにイッちゃうじゃない」

これに、巧磨の目が驚きで見開かれる。

「それじゃ……」

嬉しそうに頬が緩んだ。

今日は最後までできると、彼も思っていたに違いない。それが確信となって、喜びを隠しきれない様子だ。

「じゃあ、このまま手ですればいい？」

訊ねると、表情に迷いが浮かぶ。このあとセックスをするにせよ、どうせなら気持ちよく射精したいのではないか。

(やっぱりお口がいいのかしら?)

手の中でうち震える逞しいものを、夏帆もしゃぶりたくなった。だが、巧磨がずっと尻肉をモミモミしていることに気がつき、別のやり方を思いつく。

「そんなにお尻が好きなの?」

問いかけに、彼がうろたえた。

「あ、えと——夏帆さんのお尻が素敵だから」

「どこが?」

「ぷりぷりしてて、肌がスベスベで、大きいところが」

「え、そんなに大きいの?」

わずかに眉をひそめると、巧磨が焦りを浮かべた。不用意な発言で、夏帆が気分を害したと思ったようだ。

「あの、僕にはちょうどいいんです」

懸命に考えて、言い直すのがいじらしい。

「ちょうどいいのなら、お尻でイッてみる?」

「え？」

きょとんとした年下の男から身を剝がし、夏帆は俯せになった。そして、背中に被さるよう、彼を促す。

「あの……どうするんですか？」

夏帆の上で腹ばいになった巧磨が、怖ず怖ずと訊ねた。猛る硬竿が柔らかな双丘にめり込み、たまらなくなっているのがわかる。

「オチンチンを、お尻にこすりつけなさい」

「え？」

「それで気持ちよくなれそう？」

セルフ尻ずりで快感を高めることを提案すると、彼は間髪を容れず腰を動かしだした。言われるまでもなく、そうしたくなっていたらしい。

「あ、あ……ううう」

切なげな呻きが耳に吹きかかる。かなり感じているのは明白だ。

「気持ちいい？」

「はい……すごく」

声の震え具合からも、気に入ったのが窺える。

こんなかたちで牡の欲望を受け止めるのは、夏帆も初めてだった。この体位で挿入されたことならあるが、尻にシンボルをこすりつけさせたことはない。

(そんなに気持ちいいのかしら?)

自分が提案しておきながら、疑問を覚える。もっとも、はずむ息遣いからして、いずれ果てそうなのは明らかだ。

(オチンチン、さっきよりも硬いみたい)

おまけに、やけに熱い。お尻で受け止めるから、そんなふうに思えるのだろうか。

前後に動くペニスは、割れ目に入り込んでいた。ヌルヌルとすべるのは、多量に先走りをこぼしているからだろう。

いや、それだけでもないのか。二人の上には掛け布団があり、快楽に耽ることで中は暑くなっていた。お尻のミゾは汗をかきやすいから、潤滑の役目を果たしているのかもしれない。

「あう、ううう、な、夏帆さん」

首の後ろに熱い吐息がかかる。髪やうなじの匂いを嗅ぎながら、巧磨は高まっているようだ。

もっと感じてほしくて、夏帆は尻の谷をすぼめた。

「あ、あっ」

差し迫った声が聞こえる。肉棒を圧迫され、快感がふくれあがったのだ。

「だ、ダメです。もう――」

息遣いが荒い。いよいよなのだとわかった。

「いいわよ。イッて。わたしのお尻にたくさん出して」

励ますように、ヒップにキュッキュッと力を込める。深く入り込んだ筒肉の、筋張ったところがアヌスをこすり、夏帆も悩ましい快さを得た。

「ううう、で、出る」

呻き交じりの声に続き、牡器官がしゃくり上げる。続いて、ドロッとしたものが割れ目の内側を伝った。

(イッたんだわ)

射精しながら、巧磨は貪欲に動き続けた。まといついたザーメンがヌチュヌチュと泡立ち、いっそう滑りやすくなったのをいいことに。

「はふぅ」

間もなく脱力した彼が、背中に重みをかけてくる。ハアハアと、せわしない息遣いが聞こえた。

（いっぱい出たみたい……）

粘っこいものが、恥割れのほうまで滴っている。シーツにこぼさないよう、夏帆は股間をしっかり閉じた。

むわむわと忍び寄ってくる牡汁の青くささが、不思議と好ましかった。

4

「ねえ、わたしのお尻って、そんなに気持ちよかったの？」

夏帆の問いかけに、巧磨は「はい」と返事をした。仰向けで寝そべり、胸を上下させながら。

「なるほど。だからいっぱい出たのね」

納得顔でうなずいた彼女は、巧磨の腰の横に坐っている。のばされた手は、牡のシンボルを愛撫していた。

「うう」

快さにひたって呻き、腹部を波打たせる。だが、不安もあった。

（もう勃《た》たないのかな……）

慈しむように揉まれるペニスは、萎えて軟らかなままだ。ぷりぷりヒップの割れ目にたっぷりと射精して縮こまり、それから復活していない。

今は掛け布団をどかして、ふたりとも一糸まとわぬ姿を晒している。巧磨は背すじをのばして正座する美女の、お椀型の綺麗なおっぱいや、腰回りのセクシーなラインも目の当たりにしていた。

彼女の指も気持ちよくて、呼吸が自然とはずむ。なのに、分身がまったく反応しないのだ。海綿体にバリケードが張られているみたいに、血液が集まらなかった。

これでは、夏帆が気分を害してしまう。せっかくヌードを見せているのに、どうして昂奮しないのかと。

今日は彼女とセックスができるのだ。このままではおあずけになるどころか、こんなことなら二度としないと、ご褒美を禁止されるかもしれない。

(ていうか、嫌われちゃうかも)

などと、焦れば焦るほど、気持ちばかりか秘茎も萎縮する。巧磨は情けなくて、泣きたくなった。

「ねえ、何を考えてるの?」

夏帆がこちらを見て首をかしげる。

「え？　あ、べつに……」

「困ってるんじゃない？　オチンチンが大きくならなくて」

事実を指摘され、ドキッとする。だが、実際に勃起の兆《きざ》しすら見せないのであり、誤魔化しても無駄だ。

「はい……すみません」

謝ると、彼女が眉根を寄せた。

「巧磨クンは悪くないわよ。お尻に出させたのはわたしなんだもの。あんなにたくさん出したら、すぐ元気にならないわ」

尻ミゾを満たしたザーメンを、夏帆はかなりのティッシュを浪費して拭い取ったのだ。今も医務室内には、栗の花の匂いが漂っている。

「それに、巧磨クンを元気にするのは、わたしの任務なんだから」

彼女のほうが年上だし、リードしようとしているのはわかる。しかし、任務とは大袈裟ではないか。

すると、夏帆が得意げに白い歯をこぼした。

「シークレット・セクレタリーは、困っている社員を助けるのが仕事なのよ」

そう言って、手にした秘茎の真上に顔を伏せる。

「あうう」

軟らかな器官を口に含まれ、巧磨は反射的に足指を握り込んだ。

ピチャピチャ……チュウっ――。

唾液を溜めた中にジュニアを泳がされ、舌で弄ばれる。くすぐったさの強い快感に、巧磨は無意識のうちにシーツを摑んでいた。

ムク――。

ほんの少し、海綿体がふくらんだ感じがある。ここで気持ちが急いて、早く勃起させなくちゃと焦ったら、元の木阿弥《もくあみ》だ。

(夏帆さんに任せておけばいいんだ)

年上の美女にすべてを委ね、手足をゆったりと伸ばす。与えられる悦びに、身体のあちこちをピクピクと震わせながら。

夏帆はいったんペニスを解放し、

「ねえ、脚を大きく開いて」

と要請した。言われるままに、漢字の「人」と同じ角度で開脚すると、再び股間に顔を埋める。

舌が這わされたのは、予想もしなかったところだった。

（え、そんな）

巧磨は困惑した。太腿の付け根、陰嚢との境界部分を舐められたからだ。そこはいつもじっとりして、指でこすると独特なニオイがするのに。

巧磨は射精したあと、ペニスを濡れタオルで拭かれた。夏帆がお尻の割れ目を綺麗にしたついでに。

それでも、腿の付け根までは清めていない。そんなところに舌をつけられるのは、胸が痛むほどに申し訳なかった。

にもかかわらず、くすぐったくも快い。やけにゾクゾクして、肛門を引き絞らずにいられないほど感じてしまう。

「ううう」

巧磨が声を洩らすと、舌の動きが派手になる。唾液をねっとりと塗り込められ、巧磨はさらに脚を開いた。もっとしてほしくなったのだ。

（夏帆さん、イヤじゃないのかな？）

気になったものの、本当に嫌だったらここまでしないであろう。

急所の両サイドを丹念にねぶってから、彼女はシワ袋にも口をつけた。中心の縫い目をなぞり、繁茂する縮れ毛も厭《いと》わずペロペロする。

（ああ、そんなところまで……）

そこは手で愛撫されたときも気持ちよかった。同時にペニスもしごかれ、多量にほとばしらせたのである。

舐められるのは、それ以上の歓喜をもたらしてくれる。こんなことをしてもらっていいのかという罪悪感も、快感に昇華されるようだった。

「ああ、あ、夏帆さん」

たまらず呼びかけると、陰嚢をすっぽりと含まれた。

「むはッ」

喘ぎの固まりを吐き出し、体躯をヒクヒクと波打たせる。

初めての玉しゃぶりに、巧磨は「ああ、ああ」と馬鹿みたいに喘いだ。大袈裟でなく、睾丸が袋ごと溶かされる心地がした。

もちろん、そんなことにはならず、長く桃源郷にひたったのである。

甘美な責めはどのぐらい続いたのだろうか。口がはずされると、唾液に濡れたところがひんやりした。

「うん、大きくなったわ」

夏帆の声に、巧磨は頭をもたげた。

下腹に寝そべる陰茎は、八割がた膨張している。そこに指が巻きつき、しごかれると、さらなる力が流入するのがわかった。

「ううう、き、気持ちいいです」

声に出すことで、さらに雄々しくなる。

「またしゃぶってあげるわね」

上向きに立たせたものに、夏帆が唇を被せる。

「あ、待って」

巧磨は息をはずませつつ声をかけた。

「え、なに？」

彼女が戸惑いを浮かべる。

「僕も、夏帆さんのアソコを舐めたいです」

希望をストレートに述べると、美貌が恥じらい色に染まった。

「わ、わたしはいいわよ」

拒まれても、巧磨は引き下がらなかった。

「どうしてですか？　一緒に舐めたほうが昂奮するし、気持ちよくなれますよ」

そんなこと、夏帆だってわかっているはずだ。社長室のソファーで、互いをねぶり合った仲なのだから。

「でも……」

なぜだかためらうのに納得がいかず、巧磨は上半身を起こすと、彼女の足首を摑んだ。

「お願いします」

上になってくれるよう、足を引っ張って求める。そこまでされて、夏帆も渋々というふうに折れた。

「強引ね」

やれやれという顔を見せつつ、仰向けになった巧磨の上で逆向きになった。

（夏帆さん、どうしたんだろう）

ためらう理由がわからない。

社長室でしたときも、彼女は跨がった後で、なかなかお尻をおろさなかった。それは匂いを気にしてであった。

けれど、夏帆は絵梨子に身体を拭かれたし、さっきお尻の割れ目を清めるときに、秘部も一緒に拭ったのだ。巧磨は射精後の虚脱感でぐったりしながらも、それとなく様子を観察していたのである。

よって、匂いや汚れを気にする必要はない。

シックスナインの体勢で、目の前に差し出されたたわわなヒップに、巧磨は目を瞠《みは》った。わずかなブレもなく描かれた稜線がエロチックで、迫力にも圧倒される。

ふわ――。

ぬるくなまめかしいパフュームが鼻先を掠《かす》める。（あれ？）と思って中心のクレバスを見れば、薄白い蜜汁が今にも滴りそうになっていた。

（うわ、すごい）

そこを濡れタオルで拭いた後、巧磨は彼女に触れていない。なのに、どうしてここまでしとどになっているのか。

（てことは、僕のチンポやキンタマをしゃぶりながら、昂奮してたっていうのか？）

そのことを知られたくなくて、秘園を晒せなかったらしい。

「うう……」

ヒップを浮かせたまま、夏帆が呻く。二つの丘が物欲しげにプルプルしているから、気持ちよくしてほしいのだ。

だけど、濡れ濡れのアソコを舐められるのが恥ずかしくて、お尻をおろせないのだろう。

（可愛いな、夏帆さん）

年上の美女に、初めてそんな印象を抱く。愛しさが募り、巧磨はこのあいだと同じように、豊かな丸みを引き寄せた。

「やんッ」

艶っぽい悲鳴と同時に、顔面を柔らかな重みが圧迫する。

（ああ、夏帆さんのお尻……）

鼻と口許を塞がれても、少しも苦しくない。このまま窒息したって本望だ。

女芯に触れる唇を、温かなラブジュースが濡らす。巧磨はぢゅぢゅッとはしたない音を立ててすすった。

「イヤっ、バカぁ」

夏帆が涙声でなじり、肉根にしゃぶりつく。巧磨も強く吸われ、腰をガクンとはずませた。

それを合図に、舌の鬩《せめ》ぎ合いが始まる。

チュッ、ピチャピチャ、ジュルッ——。

甘露な蜜に舌鼓《したつづみ》を打ち、濡れたミゾを深く抉《えぐ》る。

「むふっ、むふッ、ふううう」

肉茎を咥《くわ》えたまま、夏帆がせわしなく鼻息をこぼす。それは唾液で濡れた陰嚢に吹きかかり、背徳感が高まった。

(僕たち、一緒に恥ずかしいところを舐め合ってるんだ)

相互口唇愛撫は二回目なのに、この上なくいやらしいことをしている気分にひたる。そのせいで、前回はできなかったことに挑む勇気が湧いたようだ。

射精を受け止めた尻の谷に、青くささは残っていなかった。彼女本来の、汗の香りがするだけである。

その中心、キュッと引き結んだ可憐なツボミに、巧磨は舌を這わせた。

「ンふっ」

夏帆が太い鼻息をこぼす。臀部の筋肉が収縮し、丘のてっぺんに浅い凹《へこ》みができた。

その反応が気持ちよさげに感じられたものだから、巧磨は舌をチロチロと律動させた。

「ううう」

切なげな呻き声が聞こえ、尻の割れ目がくすぐったそうに閉じる。それでも、彼女は非難することなくフェラチオを続けた。

(ああ、気持ちいい……)

巧磨も快さにひたり、お尻にお返しをする。奉仕に熱中することで、上昇せずに済んだようだ。

唾液を塗られたアヌスが赤みを帯びる。ヒクヒクと収縮するのが愛らしく、舐めていてちっとも飽きない。

だからと言って、そこばかり攻めるのも芸がない気がする。

巧磨は尾骨から恥割れまで、何往復もねぶった。さっき、そこで気持ちよくしてもらったお礼を込めて。

「ね、ねえ、イヤじゃないの？」

漲《みなぎ》り棒を解放して、夏帆が唐突に質問する。

「え、何がですか？」

訊き返すと、暫し間があった。

「だって……キタナイところなのに」

清めた後でも、排泄器官ゆえ抵抗があるらしい。巧磨が陰嚢を舐められて申し訳なく感じたのと同じで、快感があっても躊躇《ちゆうちよ》せずにいられないのだろう。

それに対する回答は、わざわざ考えるまでもなかった。

「夏帆さんのカラダに、汚いところなんてありません」

きっぱり告げるなり、彼女がヒップを浮かせる。引き留める間もなく身を剝がしたから、まずいことを言ったのかと不安になった。

けれど、こちらを向いて坐り直した夏帆は、優しい面差しであった。

「……ヘンタイ」

なじられても、本気ではないとすぐにわかった。

巧磨も身を起こした。愛しい人を抱き寄せ、唇を重ねる。

「ンふ……」

息をはずませてのくちづけで、二人の唾液が舌と共に行き交った。

唇が離れると、彼女が濡れた目で見つめてくる。そそり立った男根を握り、ねだるような手つきでしごいた。

「ね、しよ」

「はい」

今度は夏帆が仰向けに横たわる。その上に、巧磨は身を重ねた。

寝そべったまま、もう一度キスを交わす。チュッチュッと音を立て、じゃれるみたいに顔のあちこちを吸った。

(夏帆さん、大好きです)

恋慕の情が天井知らずにふくれあがる。

二人のあいだに入り込んだしなやかな指が、牡の硬筒を捉えた。

「挿れて」

「はい」

短いやりとりをして、結ばれる体勢になる。夏帆が両膝を立て、巧磨はその間に腰を入れた。

「ここよ」

優しい手が導いてくれる。穂先が恥割れに触れると、上下に動かして愛液を丹念にまぶした。

(ああ、いよいよだ)

好きな人と結ばれる嬉しさだけでなく、本当にしていいのかというためらいもあった。もちろん、前者のほうが断然優勢だ。

「いいわよ」

声をかけられ、巧磨は真っ直ぐに進んだ。亀頭が温かな潤みにめり込んだところで、手が外される。

「うう……」

狭い入り口を圧し広げると、夏帆が呻く。それにもかまわず押し入ると、径の太いところがぬるんと入り込んだ。

「ああッ」

首を反らした彼女を眺めながら、巧磨は根元まで女体に侵入した。

(入った——)

全体を濡れ柔らかな穴で締めつけられ、快さにまみれる。腰がブルッと震えた。

(これが女性の中なのか)

初体験でもないのに感動したのは、ナマで挿入したのが初めてだったからだ。童貞を捧げた相手は、避妊具を装着しないセックスを許さなかった。

「あん、しちゃった」

息をはずませながら、夏帆がつぶやく。眉間にシワが刻まれ、どこかつらそうだったから、巧磨は心配になった。

「大丈夫ですか?」

問いかけると、彼女がうなずく。

「うん……久しぶりなの」

答えて、恥ずかしそうに微笑んだ。

「それに、巧磨クンのオチンチンが、とても立派だから」

お世辞だとわかっていても嬉しい。男としての気概と、自信も湧いてくる。

「動いていいですか？」

「いいわよ。あ、それから――」

一瞬、迷う顔を見せた夏帆であったが、吹っ切るようにうなずいた。

「気持ちよくなったら、中に出していいからね」

嬉しい許可を与えられ、巧磨は思わず「いいんですか？」と確認した。

「ええ。今日は大丈夫な日だから」

最後は外に出さなきゃと思っていたから、望外の喜びにひたる。

「さ、動いて」

「はい」

巧磨はそろそろと腰を引き、再び進んだ。

おっかなびっくりだったのは、経験こそあっても回数が少なく、抽送に慣れていなかったからだ。どうしても慎重になってしまう。

それでも、夏帆が快さげに喘ぐことで、これでいいんだと思えてきた。

「あ……あん、気持ちいい」

艶っぽい反応に励まされ、懸命に腰振りを続ける。さほど時間をかけることなく、動きがスムーズになった。

チュ……くちゅ。

交わるところが粘っこい音を立てる。それにも煽《あお》られて、巧磨は蜜穴をリズミカルに突いた。

「あ、あ、あ、いい、いいのぉ」

よがり声が大きくなり、美貌がいやらしく蕩ける。

(僕、夏帆さんとセックスしてるんだ)

実感することで、快感がふくれあがる。膣内のヒダが分身にまつわりつき、ヌルヌルとこすれる感じがたまらない。

ひと目惚れしたときから、こうなることを望んだわけではない。彼女は高嶺の花だったし、シークレット・セクレタリーの仲間になったときも、畏れ多くて淫らな願望など抱けなかった。

いや、初めてご褒美をもらったときだって、セックスは夢のまた夢という気がしたのである。

(だけど、これも夏帆さんにとっては、ただのご褒美なのかな?)

それとも、より親しい間柄になれた証と考えていいのだろうか。

「ね、ねえ、もっと激しくして」

せがまれて、我に返る。だいぶ高まっていたが、今度は彼女をイカせてあげねばならない。

巧磨は歯を食い縛って、力強いピストンを繰り出した。

「ああ、あ、それいいッ」

夏帆が乱れ、艶やかな髪を振り乱す。掲げた両脚を牡腰に絡みつけ、「あん、あん」と嬌声をあげた。

「た、巧磨クン、もっとぉ」

「夏帆さん、僕――」

いよいよ差し迫って、巧磨は情けなく顔を歪めた。

「も、もうちょっと我慢して……あっ――わ、わたし、もうすぐだから」

彼女の荒い息が顔にかかる。かぐわしいそれにうっとりしつつ、忍耐を限界まで振り絞った。

その甲斐あって、女体が歓喜の極致に到達する。

「イヤっ、イク、イクイクイク、イッちゃうぅぅううっ！」

高らかなアクメ声を耳にして、巧磨も手綱《たづな》も弛めた。蕩ける快美が全身に行き渡り、目の前の景色がハレーションを起こす。

「ううう、な、夏帆さんっ！」

愛しい人の名前を叫び、ありったけの激情をほとばしらせた。

ドクッ、ドクッ、ドクッ——。

温かな潮を膣奥に浴びて、夏帆が「くうーン」と啼《な》く。汗ばんだ裸身を、しなやかに波打たせた。

（……僕たち、これで恋人同士になれたのかな？）

いや、それは甘い考えかと、心地よい余韻にひたって思い悩む巧磨であった。

エピローグ

ホテルの一室――。

ダブルベッドの上で、二つの裸身が絡み合う。白い肌に、汗の霧を光らせて。

「ダメ、イッちゃう」

一方が極まった声をあげる。濡れたところを掻き回す、卑猥な音が続いた後、

「イクイクイクイク、い――くぅううううっ！」

絶頂した女体が強ばり、ピクピクと痙攣した。

快楽のひとときを終えた二人が、肌を寄せ合う。気怠い余韻にひたり、何度もキスを交わした。汗の甘い香りに包まれて。

「久しぶりですね、こういうの」

夏帆が恋人に話しかける。

「ずっと忙しかったからね」

答えたのは、彼女の上役でもある成美だった。

女同士の親密すぎる関係。もちろんこれは、誰にも明かせない秘密なのだ。

中学から女子校育ちだった成美は、同性としか付き合ってこなかったらしい。だが、夏帆はもともとレズビアンだったわけではない。男の子と交際し、セックスもした。けれど、成美の秘書になって間もなく、二人は恋人になった。どちらかが告白したわけではなく、互いに惹かれあってのことだ。

そういう意味では、夏帆はまさにシークレット・セクレタリー、秘密の秘書と言えよう。

だが、成美が社長になると秘書が増え、二人だけでいられる時間が少なくなった。社長ともなると忙しく、プライベートも削られる。夏帆はシークレット・セクレタリーの任務もあって、会社でのやりとりも業務的なものばかりになった。

そのせいで不満が溜まり、夏帆は巧磨に手を出したのである。

「何を考えているの?」

成美に訊ねられ、夏帆は我に返った。

「いえ、べつに……ていうか、わたしたちが付き合い始めたときのことを思い出していたんです」

取り繕った答えを、成美は「嘘ばっかり」と見破った。

「如月君のことを考えてたんでしょ」

巧磨の名前を口にされ、夏帆はうろたえた。

「そんな――わ、わたしは」

「わたしはべつにかまわないのよ」

「え？」

「だって、あまり相手をしてあげられなかったし、夏帆が寂しがってるのは、わかってたんだもの」

思いやりのある言葉に、涙ぐみそうになる。ああ、やっぱり自分はこの人が好きなのだと、夏帆は改めて思い知った。

「だから、我慢できないときには、如月君とエッチしていいのよ」

「成美さん……」

「ううん。もうしてるんだものね」

巧磨との関係を、成美に打ち明けたわけではない。だが、彼女はすべてお見通しのようだ。

「でも、わたしは、成美さんともっと一緒にいたいんです」

胸に甘えると、年上の女が背中をさすってくれる。

「本当に？」

「はい」

成美の手が少しずつ下がる。夏帆のお尻を慈しむように撫でてから、指を谷間の奥へと差し入れた。

「あ、成美さん――」

「ねえ、ここが夏帆の弱点だって、如月君は知ってるの？」

秘めやかなツボミを悪戯され、夏帆は「いやぁ」とすすり泣いた。


（了）

＊本作品はフィクションです。作品内の人名、地名、団体名等は実在のものとは関係ありません。

長編小説
秘書《ひしよ》のひめごと
多加羽《たかは》 亮《りよう》
2021年4月26日　初版第一刷発行

ブックデザイン…………………… 橋元浩明(sowhat.Inc.)

発行人……………………………………… 後藤明信
発行所………………………………… 株式会社竹書房
〒102-0075　東京都千代田区三番町8－1
三番町東急ビル6F
email：info@takeshobo.co.jp
http://www.takeshobo.co.jp
印刷・製本……………………… 中央精版印刷株式会社

■定価はカバーに表示してあります。
■本書掲載の写真、イラスト、記事の無断転載を禁じます。
■落丁・乱丁があった場合は、furyo@takeshobo.co.jp までメールにてお問い合わせ下さい。
■本書は品質保持のため、予告なく変更や訂正を加える場合があります。